書下ろし

俺の女課長

草凪 優

JN170961

祥伝社文庫

目次

第一章　無謀なミッション

1

これは大変なことになった――。

会議室の椅子《いす》に腰かけながら、森山晴夫《もりやまはるお》は胸底でつぶやいた。嫌な予感に両腋《りょうわき》から冷たい汗が噴きだすのを、どうすることもできなかった。

ホワイトボードに書かれている黒い文字。「ウルトラリラックス販売促進計画」。眩暈《めまい》が襲いかかってくる。ウルトラリラックスは二年前、晴夫が勤めている電機メーカー〈ライデン〉が社運を賭けて開発したマッサージチェアで、単価が百万円を超える超高額商品だ。当代きっての人気女優をCMに起用し、大々的に売りだしたものの、セールスはふるわず、いや、絶望的と言っていいほどの結果しか残せず、大問題になった。結果、担当役員が辞任し、開発責任者の首が飛び、いまでは社内でその名を出すことさえタブー視されている。

その販売促進プロジェクトというだけでも不穏なものを感じずにはいられないのに、会議室に集った顔ぶれを見ていると、眩暈は激しくなっていくばかりだった。

メンバーは、晴夫を含めて四人いた。

まずは沢口智恵美《さわぐちちえみ》、二十五歳。

一時は「社内でお嫁さんにしたいナンバーワン」とも言われた清純派だ。顔は可愛《かわい》い。猫のように大きな眼がくるくる動く。おまけに巨乳だ。Fカップはゆうにある。なにより雰囲気が初々《ういうい》しく、ちょっとブリッ子っぽい仕草が、男のツボをぐいぐいと突いてくる。だがその正体は、なかなかの凄玉だった。

恋愛体質の不倫好きなのだ。

行く部署、行く部署で上司と恋に落ち、トラブルを起こしている。このプロジェクトに招集される前に在籍していた情報システム部では、不倫相手の課長の妻が会社に怒鳴《どな》りこんでくるほどの騒ぎになった。にもかかわらず彼女は、「妻子のいる人が好きなんじゃないの、好きになった人にいつもたまたま妻子がいるの」と陰でこぼしていたというから、たいしたものだった。まったく反省していない、というのが周囲の一致した評価だった。

続いて仲村優奈《なかむらゆうな》、二十歳。

年は若いが、異様なまでに色っぽい。顔やスタイルはまあ普通で、性格はおとなしいほうなのだが、眼つきや仕草やささやくようなしゃべり方に、水のしたたるような色香がある。そこにいるだけで「触れなば落ちん」の風情《ふぜい》を漂《ただよ》わせ、社内の男たちを眩惑《げんわく》している。

二十歳という若さで、どうしてそれほどの色香を手に入れることができたのか？

秘密のアルバイトをしていたからだ。昼はＯＬをしつつ、夜は銀座の高級クラブでホステスに早変わりしていたのである。なんでも、髪を巻いて濃い化粧《けしょう》をし、セクシーなドレスを着ると別人のように華やかな美女になるらしい。

〈ライデン〉は一流を目指している電機メーカーなので、社則で社員のアルバイトを禁じていた。ましてや銀座のホステスなんてとんでもない、と大問題になった。当たり前だ。普通なら、問答無用で馘《くび》である。

しかし、彼女が働く高級クラブの常連客に〈ライデン〉の専務がいた。優奈のことを自社のＯＬと気づかず接していたようだが、その専務が事態に収拾をつけた。「彼女はできる女だ。馘にしてしまうのは〈ライデン〉の損失になる」と、ホステスを辞めることを条件に、いままで通りＯＬができるように計らったのである。とはいえ、結局はこのプロジェクトに飛ばされてしまったので、いままで通りとはならなかったわけだが……。

そして。

このプロジェクトを束《たば》ねる課長が、丸山麗子《まるやまれいこ》、三十三歳。掛け値なしの美人だった。長い黒髪に白い小顔。眼鼻立ちは端整《たんせい》かつ涼やかで、表情は凛《りん》としている。常に濃紺かグレイのタイトスーツを着こなし、嫌味なくらいそれが似合っている。モノクロ時代の映画女優のような、クラシカルにしてノーブルな麗《うるわ》しさが彼女にはある。

おまけに頭がいい。有名女子大を首席で卒業したという噂《うわさ》で、〈ライデン〉では同期の誰よりも早く課長の肩書きを手に入れた。才色兼備という言葉は、彼女のためにあるようなものだった。

しかし……。

輝くばかりの珠玉《しゅぎょく》にも、一点だけ瑕《きず》があった。

セクハラに弱いのだ。

接待の席ともなれば、クライアントの態度が大きくなるのはよくある話だろう。酒に酔ったクライアントが、ついつい女の尻を触ってしまうことも。そんなことはビジネスシーンではごく当たり前の日常茶飯事なので、涼しい顔でやりすごしておけばいい。笑顔で尻を触らせながら、好条件の契約をまとめられなくては、立派なビジネスパーソンにはなれない。

麗子にはそれができないのだった。

もちろん、接待の重要さはわかっているから、最初は我慢《がまん》しているらしい。唇を噛みしめ、すくめた肩を震わせて、尻を撫《な》でまわされる屈辱《くつじょく》に耐えているという。こらえてくれ丸山くん、という同席した役員が悲壮な表情でテレパシーを送る。だがやがて、麗子は泣きだす。大粒の涙をボロボロとこぼし、「いやらしいこと、やめてください」と少女のように哀願するという。

当然、クライアントは鼻白む。商談は水に流れ、役員が天を仰《あお》ぐという展開が何回か続き、彼女は重要な接待の席に呼ばれなくなった。ついた渾名《あだな》が「泣き虫課長」だ。

……ふうっ。

こんなメンバーでいったいなにをしようというのか、晴夫は胸底で溜息《ためいき》をつくしかなかった。

要は厄介《やっかい》払いなのだ。会社の思惑はあからさまだった。札付きのダメ社員ばかりを一堂に会し、開発者が詰め腹を切らされるほど売れなかった商品の販売促進の仕事を押しつけて、辞表を出させようという魂胆《こんたん》なのである。〈ライデン〉は決してブラック企業ではない。給料はそこそこいいし、福利厚生の制度もきっちりしている、だが、このプロジェクトがブラック・プロジェクトであることは、もはや疑いようもない。

麗子がホワイトボードに文字を書く。

「販売目標＝三カ月で百台」。

晴夫は力なく頭を振った。無理に決まっている。智恵美も優奈もキョトンとしているが、それは彼女たちが営業畑にいたことがないからだ。晴夫は入社以来、営業の仕事しかしたことがない。その経験を踏まえて言えば、ウルトラリラックスのごとき超高額商品を、短期にそれだけ売りさばくのは、絶対に不可能だ。

「この数字は……」

麗子が言った。

「目標というよりノルマだと思ってください。達成できなければ、会社からペナルティが科せられます。たぶん、全員で倉庫管理の子会社に飛ばされます」

そんな無茶な、と晴夫が言おうとすると、

「最初にひとつ断っておきます」

麗子が制して言った。

「わたしは仕事をするにおいて、なによりもチームワークが重要だと考えています。ひとりじゃできないことも、みんなでやればできるかもしれない。四人がしっかり結束すれば、十人分の力を発揮することが可能になるかもしれない。だから、チームワークを乱す人は許しません……いいですね、森山くん」

「はあ？」

晴夫は泣き笑いのような顔になった。

「なんで僕が名指しされるんですか？」

「自分の胸に聞いてください」

麗子がまなじりを決して睨《にら》んできたので、

「な、なんのことやら……」

晴夫は欧米人のように両手をあげて苦笑した。おどけた調子に、麗子の眼つきが険しくなる。智恵美と優奈まで睨んでくる。

「聞いてますよ、森山さんの悪い評判」

智恵美が言った。

「な、なにを……」

「行く支社、行く支社で、同僚のＯＬにも、取引先の女の子にも、片っ端から手を出して、何股もかけちゃうって」

「ガセネタだ……事実無根だよ……」

晴夫は顔をひきつらせて反論した。

「わたしの同期が静岡支社にいるんですけど……」

優奈が言った。静岡支社は、つい最近まで晴夫が在籍していたところだ。

「森山さんのことを聞いたら、悪口しか返ってきませんでした。一年くらいしかいなかったのに、出入り禁止の取引会社が十社もあるって。仕事に来てるんだかナンパにきてるんだかわからないって」

「ぐぐっ……」

晴夫の顔はひきつっていくばかりだ。

「わたしに手を出さないでくださいね」

智恵美が唇を尖《とが》らせる。

「わたしも」

優奈が続く。

「デートに誘ったりしても、絶対に応じませんから」

「ひ、ひどいなあ……変な噂を信じないでくださいよ……仕事は仕事、恋愛は恋愛、そんなの当たり前じゃないですか。会社にいるときは仕事優先、人をなんだと思ってるんですか……」

晴夫は苦笑して頭をかいた。笑って誤魔化《ごまか》すしかなかった。黙っている麗子の存在が不気味だった。仮にも課長である彼女なら、智恵美や優奈以上に、晴夫の破廉恥《はれんち》な武勇伝を知っていてもおかしくなかった。

2

自分がこれほどの女好きになってしまったのはいつからだろう、と記憶を辿《たど》ってみる。

晴夫は今年、二十七歳になった。

学生時代はそれほど女好きではなかった。そもそも社交的な性格ではなかったし、モテないことにいじけていた。オナニーばかりに熱心で、そのうち理想の女に巡り会えるだろうと、生ぬるい夢を胸に抱いて生きていた。

しかし、社会人になり、営業マンになると、そんなことは言っていられなくなった。社交的な性格にならざるを得なかった。本当はつらかったが、どこへ行っても笑顔で自分から話しかけるようになった。ナンパを始めたのも、営業マンとしてのスキルを身につけるためだった。当然、最初はうまくいかなかったが、しつこく続けているうちに、お茶に誘うことに成功した。百人に声をかければ、三、四人はメル友のような関係にもちこめるようになった。

ベッドインまでしてしまうと、ナンパが面白くてたまらなくなった。数えきれないほどの女に声をかけながら、晴夫はある真理に気づいた。理想の女などいない、ということだ。しかし、部分的に理想的な女はいる。顔がイマイチでもおっぱいだけは大きいとか、性格は悪いが顔だけはいいとか、話はつまらないがセックスは最高とか……。

ならば複数と同時進行で付き合えばいいではないか、と思うようになるまで時間はかからなかった。逆に、ひとりの女にすべてを求めるほうが無理なのだ。その挙《あ》げ句《く》、文句を言って喧嘩《けんか》になったりしたら馬鹿である。女だって、すべてを求められるのは重荷なはずだ。ならば、いいところだけを愛してやればいいではないか。

そういう信念に基《もと》づいて生きていると、特別ナンパになど行かなくても、関わった女すべてに誘いの声をかけることになる。好きとか嫌いとかの問題ではない。顔が悪くてもスタイルがめちゃくちゃでも、どうだっていい。セックスまでもちこめば、その女のいいところをひとつくらいは発見できるからだ。デートをしても会話がはずまず、食事を奢《おご》っても礼を言う常識もなく、セックスをすればマグロだったとしても、最後にお掃除フェラをしてくれたなら、晴夫にとっては充分にいい女なのである。

だが、そうなるとトラブルは日常茶飯事になる。

女という生き物は、二股や三股が大嫌いだ。男も嫌いには違いないが、発覚したときの怒りのレベルが違う。男が二股をかけられた場合、自分にも至らないところがあったのかもしれないと落ちこむものだが、女は絶対に反省しない。延々と罵られるなどはまだいいほうで、時には命の危険にまでさらされる。

静岡支社にいたとき、大変な目に遭った。晴夫は差別をしない。取引先の信用金庫で二股をかけていたのだが、ブスな年増と若い美人だった。どちらにも公平に愛を注ぎ、どちらにもいいところを発見した。ブスな年増は典枝といい、心根のやさしい女だった。料理が上手で、よく食べさせてくれた。セックスはイマイチだったのであまりしなかったが、彼女のほうも食事を振る舞ったりしているほうが楽しそうだった。かなり太めな女だったから、裸で動くのが面倒くさかったのかもしれない。

若い美人は友美という名前だった。信用金庫のカウンターに座っている姿は市松人形のように可愛らしいのだが、淫乱だった。とにかくセックスが大好きで、好奇心旺盛で、コスプレでもオモチャを使ったプレイでも、思いついたらやらずにはいられない貪欲な女だった。

「ねえ、わたし、外でやってみたい」

あるとき、そんなことを言いだした。断っておくが、友美は絶対に野外性交などしそうにないような顔をしていた。信用金庫の客の中には、彼女が処女だと信じて疑っていない向きも多かったはずだ。

しかし、その本性はド淫乱だった。当時はまだ二十三歳だったが、三十過ぎたらニンフォマニアになっているに違いないと思った。

「どうせ外でやるならさあ……」

ニヤニヤしながら晴夫は言った。

「真っ昼間から、信用金庫の非常階段でやっちゃわない？　あのへん他に高いビルないから、見つかりっこしないしさあ。すげえ興奮しそうじゃん」

友美が勤めていた信用金庫の制服はとても可愛らしく、いつも淫心をくすぐられていた。バブルのときにデザインされたらしいが、スカートとベストがピンクのチェックだった。

「うん……すごく興奮しそう……」

友美は瞳を潤《うる》ませ、身をよじりながら答えた。どうやら、想像しただけで興奮してしまったらしい。あそこまで濡らしているのがはっきりとわかった。

数日後、作戦を決行した。信用金庫の窓口業務が終了した午後三時過ぎ、晴夫は彼女の手引きによって非常階段に入り、最上階を目指した。六階か七階だった。屋上という手もあったが、鉄製の外階段の踊り場のほうが燃えそうだった。

友美もノリノリで、

「ふふっ、わたし今日、ショーツ穿《は》いてないから……」

耳元で熱っぽくささやいてきた。脚を見ると、ナイロンの光沢《こうたく》があった。つまり、ノーパンのパンスト直穿きで仕事をしていたわけである。まったく、いやらしすぎる女だった。

「ストッキングをね、破って、入れて……」

ささやかれただけで、晴夫は痛いくらいに勃起した。抱きしめて、体をまさぐりながら長々とディープキスをしてやりたかったが、時間がなかった。フェラチオくらいはしてほしかったけれど、それも端折《はしよ》らなければならないだろう。窓口業務が終わっているとはいえ、席を不在にしていられるのは、せいぜい十分か十五分だ。

友美に手すりを握らせ、尻を突きださせた。ピンクのチェックのスカートをめくりあげれば、ストッキングの光沢に包みこまれた丸尻が姿を現す。晴夫は右手を上に向けて、桃割れに忍びこませていった。女の部分を覆《おお》っているのは極薄のナイロン一枚だから、柔肉の感触がやけに生々しく、熱気と湿気が指にからみついてきた。

「早く破って……」

振り返った友美は、眼の下をねっとりと紅潮させた悩ましすぎる表情をしていた。前戯をなにもしていなくても、欲情しきっているようだった。野外性交に思いを馳《は》せながらパンスト直穿きで窓口業務をこなしていたことが、彼女にとってはなにより刺激的な前戯だったのかもしれない。

ビリッ、と音をたてて、晴夫はストッキングを破いた。行為後も穿きつづけられるように、割れ目の部分だけの小さな穴だ。ひどく興奮した。信用金庫の可愛い制服姿なのに、彼女はもう、いつでも男根を咥《くわ》えこめる……。

晴夫はベルトをはずし、ズボンとブリーフをおろした。勃起しきった男根を握りしめ、友美の尻に腰を寄せていく。小さな穴の向こうにあるヌメヌメした部分に亀頭をあてがえば、興奮に息を呑まずにいられない。

「いくぞ……」

低く声を絞ると、友美は前を向いたままうなずいた。背中を向けていても、淫《みだ》らに上気した顔で息をはずませているのがはっきりとわかった。

「むうう……」

晴夫は腰を前に送りだし、ずぶずぶと友美の中に侵入していった。熱く煮えたぎっていた。濡れた肉ひだがざわめきながら男根に吸いついてきて、ずんっ、と奥まで貫くと、

「ひっ……」

友美はたまらず声をあげそうになったが、手で口を押さえてこらえた。さすがに、淫らな声を撒《ま》き散らしては誰かに気づかれるかもしれなかった。ただでさえ彼女の嬌声《きょうせい》はヴォリュームが大きめなのだ。

晴夫はまくりあげたスカートの上から友美の腰をつかみ、ピストン運動を送りこんだ。いきなりのフルピッチだった。時間がないせいもあるが、興奮しきっていた。信用金庫の非常階段で、制服姿の女子社員とまぐわっているのだ。興奮しないわけがなかった。

ずんずんっ、ずんずんっ、と痛烈なストロークを打ちこめば、友美は歓喜の悲鳴をあげるかわりに、ぶるぶるっ、ぶるぶるっ、と尻や太腿《ふともも》を痙攣《けいれん》させた。悲鳴があげられないぶん、淫のエネルギーが体の内側に充満しているようだった。晴夫は腰を振りながら、はっきりと感じていた。いつもに倍する彼女の発情が、こちらの興奮も煽《あお》りたててくる。限界を超えて膨張《ぼうちょう》した男根で、激しく突いた。呼吸も忘れて、突いて突いて突きまくった。

「ダ、ダメッ……もうダメッ……」

友美が身をよじりながら、尻を突きだしてくる。少しでも深く男根を咥えこもうと、二十三歳の丸尻を押しつけてくる。その尻を、晴夫がはじく。パンパンッ、パンパンッ、と乾いた音をたてて、怒濤《どとう》の連打を打ちこんでいく。

「イッ、イクッ……」

ビクンッ、ビクンッ、と腰を跳ねあげて、友美がオルガスムスに駆けあがっていき、

「こ、こっちもだっ……」

晴夫も顔を真っ赤にして彼女を追いかけた。絶頂に達して締まりを増した蜜壺が、男の精を吸いとりにかかっていた。

あわてて抜いた。ガクンと膝を折り、その場にへたりこんだ友美の顔に、愛液まみれの男根を近づけた。ハアハアと息をはずませている口唇に咥えこませ、頭をつかんで思いきり射精した。

「むううっ！」

ドクンッ、ドクンッ、と女の口に男の精を注ぎこみながら、晴夫は天を仰いだ。よく晴れた午後だった。雲ひとつない空の青さが眼にしみた。ドクンッ、ドクンッ、という衝撃が、空の青さに吸いこまれていくようだった。会心の射精と言っていいだろう。いつもの射精以上に達成感があったのは、なにもかもすべてがうまくいったからだ。

誰にも見つからず、信用金庫の非常階段で、可愛い制服姿の女子社員とまぐわった。絶頂のタイミングがほとんど同じで、いつになくきっちりと恍惚《こうこつ》を分かちあうことができた。興奮しすぎて中出ししてしまうようなドジも踏まず、性交から口内射精へスムーズに移行することができた。

満足だった。これは、流れ星に願い事を三回唱《とな》えることができたくらいの、稀《まれ》に見る奇跡的な情交に違いなかった。

しかし……。

最後の一滴を漏らしおえるかおえないかのとき、とんでもない光景が眼に飛びこんできた。典枝——二股をかけている一方のブスな年増が、非常階段の階上で仁王《におう》立ちになっていたのである。

晴夫は凍《こお》りついたように固まった。友美がうぐうぐと鼻奥で悶《もだ》えていたが、頭から手を離すこともできなかった。離せば勃起しきった男根が剝《む》きだしになってしまうからだ。

典枝が鉄製の階段を降りてきた。カンカンカンカンという足音が、時限爆弾の時計の音にも聞こえた。近づいてきて、息のかかる距離で睨まれた。ブスの怒った顔は滑稽《こっけい》なものと相場は決まっているが、このときの典枝の顔は夜叉《やしゃ》のように恐ろしかった。

「早く服を直しなさい」

静かに言われ、晴夫はそそくさとズボンをあげた。典枝は夜叉のような顔のままだった。足元にしゃがみこんでいる友美には一瞥《いちべつ》もくれず、晴夫のことだけ恐ろしい顔で睨んでいた。

「ち、違うんだ……誤解しないでくれ……」

泣きそうな顔で首を振りながら、晴夫は言い訳した。もちろん、なにが誤解なのか自分でもわかっていなかった。次の瞬間、ドンッと典枝に突き飛ばされた。晴夫は悲鳴をあげ、下の階まで階段を転がり落ちた。脳しんとうを起こし、しばらく動けなかった。その程度で助かった。もし柵の向こうに突き飛ばされていたら、間違いなく命を落としていただろう。

3

ウルトラリラックス販売促進プロジェクトの会議は進んでいる。

課長の麗子がいままでの発売実績を読みあげているが、なにしろ絶望的な数字なので表情が険しくなっていくばかりだ。

一段落したところで、

「すいません」

晴夫が手をあげると、

「どうぞ」

麗子の視線がこちらに向いた。

「ぶっちゃけ、宣伝費はどれくらいのバジェットなんでしょう？　発売時のように、人気女優をＣＭに起用することは可能ですか？」

「宣伝費はありません。ゼロです」

麗子がきっぱりと言い放ったので、晴夫は椅子から転げ落ちそうになった。

「それでどうやって販売を促進するんです？」

「個人ユーザーは切ります」

麗子の表情はクールだった。

「法人契約に絞って、集中的に営業をかけるんです。たとえばホテル、病院、スポーツジム、健康ランド……チェーン展開しているところなら、なおいいです。そういうところで、十台、二十台というロットの注文を受けられれば、三カ月で百台という目標も達成が可能でしょう。具体的にどこに営業をかけるかは、わたしのチャンネルですでにピックアップしてあります」

レジュメがまわされてきた。法人名だけではなく、担当者まで調べあげてあった。さすがだ、と晴夫は見直した。これなら宣伝費をかけなくとも、販売促進活動はできる。粘《ねば》り強く頑張れば、ある程度の数字が出せるかもしれない。

しかし、それにしても三カ月で百台は難しいだろう。なにしろ一台百万円もする超高額マッサージ機なのだ。他社のハイエンドモデルが五十万円程度であることを考えると、厳しすぎる勝負である。

「みなさんの中には……」

麗子が切々と言葉を継《つ》ぎはじめる。

「このプロジェクトを一種の左遷《させん》部屋だと思っている人もいるかもしれません。正直、わたしも最初はそう思っていました。辞表を出して他の会社に移ったほうがいいんじゃないかって……でも、逃げちゃダメだと思い直しました。会社の要求は無謀ですが、それを乗り越えてこそ、輝く未来があるはずだって……」

口調が熱を帯び、眼を潤ませはじめている。早くも「泣き虫課長」が顔を出すのかと、智恵美も優奈も固唾《かたず》を呑んで見守っている。

「先ほど、目標をクリアできなければ、全員で子会社行きという話をしましたが、逆にクリアできればいいこともあります。みなさん、希望の部署に栄転できます。それはこのプロジェクトを立ちあげるように指示してきた役員に、わたしが約束してもらいました」

「本当ですか?」

智恵美が身を乗りだす。

「希望すれば、元の部署に戻ることもできるんですか?」

それは無理だ、と晴夫は胸底で溜息をついた。智恵美の場合は、上司との不倫が問題になって異動させられたのだ。戻れば焼けぼっくいに火がついて、再びトラブルを起こしかねない。というか、焼けぼっくいに火をつけたいのだろうか。優奈と眼が合った。うつむいて苦笑した。きっと同じことを考えていたに違いない。

「約束しますよ、沢口さん。希望すれば元の部署に戻ることもできます」

麗子は言いきった。智恵美の瞳が輝く。

「だから、みんなで力を合わせて頑張りましょう。目標を達成させて、実力を見せつけてやるんです。会社を見返してやりましょう。だってこのままじゃ悔しいじゃないですか。ね、そうでしょ、沢口さん！　仲村さん！　森山くん！　このままじゃ納得できないでしょ！」

涙ぐみながら言いつのる麗子が、その実いちばん納得していないようだった。気持ちはわかる。美しさでは群を抜き、聡明《そうめい》さでも同期の男性社員を超えているかもしれないのに、問題社員たちばかりが集まったプロジェクトのリーダーでは、悔しくて夜も眠れないに違いない。

そのとき、会議室の電話が鳴った。

晴夫がいちばん近くの席にいたので、立ちあがって受話器を取った。

「はい、もしもし……」

「総務課です。ウルトラリラックスの販売促進チームでしょうか？」

「ええ……」

「実は、ウルトラリラックスのユーザーから、猛烈なクレームの電話が入りましてね」

「クレーム？」

晴夫は唇を歪《ゆが》めた。そんな話をこっちに振られても困る。

「先方様が言うには、使っていたら体調が悪くなって大変なことになったとか……」

「まさか、そんなことはないでしょう？」

「ないとは思うんですが、とにかく謝罪に来いの一点張りでしてね。ちょっと危ない感じの人だったんで、かしこまりましたって答えちゃったんですが、そちらで対応していただけませんか？」

「いや、それは……」

晴夫が呆《あき》れて苦笑した。対応なんてできるわけないだろうと怒鳴ろうとすると、受話器を取られた。麗子だった。

「お電話代わりました。クレームってなんのクレームです？　ええ、ええ……わかりました。とりあえず、すぐに先方様にうかがいます」

麗子は電話を切ると、

「出かけるわよ。あなたもついてきて」

「……マジすか？」

晴夫はあんぐりと口を開いた。

「そんなの修理センターの仕事じゃないですか？」

「ウルトラリラックスは、精密商品すぎて修理センターじゃ対応できないの。修理は開発部マターー」

「じゃあ、開発部に任せましょうよ。我々が行ったってどうにもならないじゃないですか」

「先方は大変お怒りのようだから、とりあえずわたしたちが行って謝まるの。こういうときは、まず誠意を見せるのが基本でしょ。具体的な修理の話はそれから。その場で対応すればいいから」

「はあ……」

晴夫は納得いかなかったが、ひとまず麗子の後について会議室を出た。

4

クレームをつけてきたユーザーは、郊外にあるボクシングジムのオーナーだった。

晴夫と麗子はデパートで菓子折りを買い、私鉄の特急列車に延々一時間近く揺られて、そこへ向かった。駅からもタクシーで二十分以上かかった。畑の中にぽつんと、プレハブづくりのボクシングジムが建っていた。

——練習生募集！

建物は粗末でも、外の壁に貼られたポスターは威勢がよかった。

——どこにも居場所がない不良諸君！　世間の鼻つまみの暴れん坊！　当ナックルジムで一緒に汗を流さないか？　息子がグレてお悩みの保護者の皆様！　朗報です！　当方にご子息を預けていただければ、かならずや真人間に更生《こうせい》させます。三度の飯より喧嘩《けんか》が好き、暴走族のリーダー、手のつけられない家庭内暴力、なんでもＯＫ。解決の実績多数あり。まずはご相談を。

晴夫はいきなりダークな気分になった。

「ここ、ボクシングジムっていうより、不良の更生施設じゃないですか」

「そうね……」

さすがに麗子も青ざめている。

「でも、大丈夫よ。誠意を見せて謝れば……誠意を見せれば……」

うわごとのように言いながら、入口の引き戸を開けた。汗くさい匂いがむっと漂ってきて、リングやサンドバッグが眼に飛びこんでくる。七、八人の若者がそれぞれに汗を流していた。みんな厳《いか》つい顔をして、どう見ても現役の不良か元不良だった。平日の昼間にもかかわらずボクシングに打ちこんでいるということは、学校や仕事よりまずは真人間への更生が必要な人たちなのだろう。

「すいません。〈ライデン〉からまいりました、マッサージ機の件で……」

麗子が言うと、練習生たちがいっせいに動きをとめた。眼を剝いて睨みつけられた。全員が怒り心頭の様子で、いまにも野獣のように吠えかかってきそうだった。

「会長！　会長！　メーカーの人が来ました！」

練習生のひとりに呼ばれて、奥から男が出てきた。四十代半《なか》ばとおぼしき痩《や》せた男だった。短く刈りこまれた頭髪と、研《と》ぎ澄《す》まされた白刃のように鋭い眼つきから、ジャージを着ているのに、侍のような雰囲気が漂っている。

「まあ、どうぞ」

会長と呼ばれた男は、麗子と晴夫をジムの奥にある応接スペースにうながした。ソファではなく、木製のベンチとテーブルが置かれていた。手づくりのようだった。よく見ると、ジムの内装は全体的にハンドメイド感が漂っていて、その中に鎮座している黒い本革張りのウルトラリラックスが異様だった。まるで年季の入った軽自動車ばかりが並んだ駐車場に、一台だけピカピカに磨きあげられた黒塗りのベンツがあるみたいである。

「あの、これ、つまらないものですが……」

麗子は菓子折りをテーブルに置き、会長のほうにすべらせたが、会長は菓子折りを一瞥もせず、静かに語りはじめた。

「見ての通り、うちはオンボロでね。スポンサーもなく、私がコツコツやってるだけのしょぼいジムだ……最初はまあ、ボクシングなんて二の次だった。家にも学校にも職場にも居場所がない若い連中が、ここを溜《た》まり場にしてくれればそれでいいと思っていた。だが、どこへいっても爪弾《つまはじ》きにされるやつの中には、意外に根っこが真面目《まじめ》な野郎が多いんだ。ボクシングを教えてやると、眼の色を変えて練習に打ちこみはじめた。そんな中から、ひとりプロテストの合格者が出た。試合も決まった。嬉しかったねえ。なにしろこのジムを立ちあげて五年、初めてのプロボクサーなんだからな。教えてる俺がアマチュアの経験しかないんだから、快挙と言っていいよ。俺はそいつに、できる限りのことをしてやりたかった。持てるものをすべて持たして、デビュー戦のリングに送りだしてやりたかったんだ。やつには悩みがひとつあった。練習後、筋肉が硬くなりやすいことだ。俺は言ったよ。いちばん高いマッサージチェアを買ってやるってね。こんな辺鄙《へんぴ》なところじゃ、気の利《き》いたマッサージ医院もありゃしねえんだ。百万円という値段を聞いて少々ビビッたが、俺はそいつに口を酸っぱくして言ってた。男の勝負、ビビッたら負けだってな……クルマを売ったよ。おたくのウルトラリラックスを買うためにな。そいつは喜んでくれた。毎日立てなくなるまで練習した後、一時間でも二時間でも揉《も》まれていた。喜んでもらえて俺も嬉しかった。クルマを売った甲斐《かい》があったと思った……ところがだ」

会長のこめかみに青い筋が浮かんだ。

「試合の前日、やつは延々とマッサージ機に揉まれていた。やっぱり、初めての試合で緊張してたんだろうな。八時間揉まれて、ゲロを吐いた。乗り物酔いみたいになっちまったんだ。筋肉はほぐされるどころか、萎縮《いしゅく》していくばかり。おかげで翌日の試合はズタボロだ。ゴングと同時にタコ殴《なぐ》りにされて、開始二十秒で最初のダウン。俺はタオルを投げたよ。失神寸前だったやつに、それ以上恥をかかせられなかった……」

馬鹿じゃなかろうか、と晴夫は呆れ返った。どんなマッサージチェアだって、八時間も連続使用していれば、体の具合が悪くなるに決まっている。

麗子を見た。もう帰りましょうと目顔で伝えようと思ったのだが、驚いたことに、彼女は涙ぐんでいた。

「本当に……本当に申し訳ございませんでした……」

眼尻《めじり》をハンカチで拭《ぬぐ》いながら、深々と頭をさげる。唖然《あぜん》としている晴夫の後頭部を押さえ、一緒に頭をさげさせる。

「一生に一回しかない大事なデビュー戦を、弊社《へいしゃ》の製品が台無しにしてしまいまして、お詫《わ》びの言葉もございません。できる償《つぐな》いはなんでもさせてもらいますから、どうか平に……平にご容赦《ようしゃ》くださいませ」

涙ながらに許しを乞《こ》う麗子を前に、会長が一瞬怯《ひる》んだのを晴夫は見逃さなかった。なるほど、と思った。要するに会長も、無茶なことを言っている自覚はあるのだ。期待の新人ボクサーが呆気《あっけ》なく負けてしまった責任を、どこかに転嫁《てんか》したくてしようがないのだ。責任転嫁しなければやりきれないほど、負けたショックに打ちのめされていると言ってもいい。

気持ちはわからないでもなかった。けれども、自分たちには関わりのない話だ。関わりなどあるわけがない。試合の前日に八時間もマッサージチェアに座っているヘタレボクサーも、それを見逃していたボンクラトレーナーも、幼稚園から更生し直したほうがいいだろう。

「平にご容赦って……」

会長が言う。

「じゃあ、あんた、自分のところの過失を認めるわけだな？　うちのボクサーが負けたのは、おたくのマッサージチェアのせいだってことでいいんだな？」

「ええ、ええ。八時間も連続使用せずにはいられない、快適すぎるマッサージチェアをつくってしまったのは、弊社の責任でございます。せめてひと言申し送りをしておくべきでした。いくらウルトラリラックスが最高の揉み心地でも、あまりの気持ちよさに揉まれつづけていたかったとしても、度を超えた連続使用はお控《ひか》えくださいますように、と」

晴夫の腋からは、大量の冷や汗が噴きだした。その言い方はまずい。誠意、誠意と言いつつも、麗子には非を認めるつもりなどハナからないのだ。むろん、こちらに非など一ミリもないのだが……。

「ずいぶん遠まわしな嫌味を言ってくれるじゃねえか」

会長の表情が険しくなる。

「つまりあんたはこう言いたいわけだ。うちのボクサーが度を過ぎた連続使用をしたから悪い、と」

「いいえ。そうなってしまうような……そうしなければいられないような気持ちのいいマッサージチェアをつくってしまって本当に申し訳ございません、と申し上げているのでございます」

「ナメてんのか？」

ガタンッ、と音をたてて会長が立ちあがると、練習生たちがいっせいに集まってきた。会長の後ろに立ち、凄みをきかせた顔で威嚇《いかく》してきた。まるで安手のやくざ映画だ。

「申し訳ないと思ってるなら、もっときっちり謝罪したらどうだ。それが人としての筋だろう？　ひとつ教えてやる。俺はなあ、あんたみたいな自分が頭がいいと思っている女が大っ嫌いなんだ。不良を腐《くさ》ったミカン扱いしてよけいに腐らせるのは、お高くとまった女教師かＰＴＡ会長って相場は決まってるからな」

「このたびは、本当に申し訳ございませんでした」

麗子はテーブルに両手をつき、深々と頭をさげた。

「そんなんじゃダメだ。そんないい加減な謝り方じゃ、デビュー戦のリングで早々にノックアウトされちまったあいつに申し訳が立たねえ……土下座しろ。服を脱《ぬ》いで土下座するんだ。そこまでやったら勘弁してやる」

「ちょっと待ってくださいよ……」

晴夫はさすがに口を挟んだ。

「どうしてうちの課長が土下座なんてしなくちゃいけないんですか？　しかも服を脱いでって……いくらなんでも、冗談《じようだん》が過ぎる」

「冗談なんか言ってねえぜ。できる償いはなんでもするって言ったのは、そっちじゃねえか」

「しかし……」

「しかしもへったくれもあるか。ならあんたには、ボクシングってスポーツがいかに過酷《かこく》なものかを教えてやろうか。どういう状態で、やつが八時間もマッサージチェアに座りたくなったのかを……おいっ！」

会長に目顔で合図され、練習生が数人、晴夫を取り囲んだ。ベンチから立ちあがらされ、無理やり両手にボクシンググローブを着けられた。

「よーし、リングにあがれ」

会長も両手にグローブを着ける。それこそ冗談ではなかった。晴夫は暴力沙汰《ざた》が大の苦手で、殴りあいの喧嘩など子供のころから一度もしたことがないのである。

5

「待ってくださいっ！」

麗子が声をあげて立ちあがった。

その場にいる全員が、麗子を見た。声の大きさのせいではない。美しかったからだ。悲壮感を漂わせて立ちあがった麗子には、男の眼を一瞬にして惹《ひ》きつけずにはいられない、特別なオーラのようなものがあった。

「服を脱いで土下座すればいいんですね？」

恥ずかしげに眼の下を紅潮させながら、麗子は会長を睨《にら》んだ。会長は、すぐには言葉を返せなかった。おそらく、麗子の美しさに気圧《けお》されていたからだろう。だが、彼もこの場では猿山のボス猿だった。気圧されてばかりはいられない。余裕を取り繕《つくろ》い、ふっと口《くち》許《もと》に笑みをもらすと、

「そうだよ、服を脱いで土下座すればいいんだよ」

勝ち誇ったような顔で言った。

「わかりました」

麗子はうなずき、ベンチとテーブルの間から出た。会長の前に進むと、西部劇の決闘シーンのように練習生たちがまわりをぐるりと取り囲んだ。

麗子がジャケットのボタンに指をかける。決意を固めるように、大きく息を呑んで吐きだす。

嘘《うそ》だろ、と晴夫は胸底でつぶやいた。噂では、彼女はセクハラに異常に弱い体質なはずだった。接待の席でちょっと尻を触られただけで涙を見せる、泣き虫課長のはずだった。

土下座はともかく、服など脱いだらガラスのハートが粉々に砕《くだ》けてしまうのではないだろうか。

「課長っ！　馬鹿なことはやめてくださいっ！」

晴夫は叫《さけ》んだ。できることなら彼女の腕を取り、さっさとこの場を後にしたかったが、ふたりがかりで肩と腕をつかまれていた。

「土下座なんかする必要がどこにあるんですか？　意味がわかりませんよ」

「てめえは黙ってろ！」

会長が凄み、

「いいのよ……」

麗子は震える声で静かに言った。

「わたしが恥をかけばすむなら、それで……」

気丈に言いつつ、ジャケットのボタンをはずしていく。麗子は濃紺のタイトスーツに白いブラウス、黒いハイヒールという格好だった。なにしろ美人でスタイル抜群なので、そういう格好が本当によく似合う。

ジャケットを脱いだ。ブラウスのボタンが一つひとつはずされていく。その場にいる全員が息を呑み、生唾《なまつば》を呑む音まで聞こえてくる。

ブラウスの前が割られると、どよめきが起きた。ブラジャーが燃えるようなワインレッドだったからだ。しかもハーフカップだ。柔らかそうな白い乳肉が半分はみ出して、胸の谷間がこれでもかと強調されている。

晴夫は眼のやり場に困った。会長も練習生たちも、みな視線を泳がせていた。濃紺のタイトスーツを上品に着こなした麗子は、どこから見ても才色兼備のキャリアレディなのに、ワインレッドのハーフカップブラは、そのイメージからかけ離れていた。呆れるくらいにエロティックだった。

麗子がスカートのホックをはずす。ちりちりとファスナーをおろしていき、スカートをずりさげる。

「おおおっ……」

野太いどよめきが、プレハブづくりのジムにこだました。ナチュラルカラーのパンティストッキングに、ハイレグショーツが透《す》けていた。色はブラジャーと揃《そろ》いのワインレッド。フロントはハイレグというよりほとんどバタフライのようで、布地が隠しているのはこんもりと盛りあがった丘だけだ。両サイドはヒモで、背後はTバック。左右の尻丘が完全に見えている。Tの結合部を飾《かざ》っている蝶々《ちょうちょう》のようなリボンが、可愛らしくもいやらしすぎる。

意外としか言いようがなかった。

もしかすると、麗子は今日、デートの約束でも入っているのだろうか。いや、勝負下着にしてもこれはセクシーすぎるだろう。相手が普通の男なら、ドン引きされるのがオチだ。もしかすると、綺麗な顔をしてド淫乱なのか？　セックスの前に、下着のいやらしさをねちねちいじめられて悦《よろこ》ぶドMなのか？

妄想で頭の中がパンパンにふくらみ、心が千々《ちぢ》に乱れていく。そんな晴夫をよそに、麗子はその場に土下座した。

「本当に……申し訳ございませんでした」

一分近く、頭をさげていた。

下着そのものもいやらしすぎたが、それを透かせているパンティストッキングが、さらなる淫靡《いんび》さを麗子のセミヌードに与えていた。もちろん、裸身そのもののポテンシャルも極上だった。抜けるように白い肌、贅肉《ぜいにく》のまったくついていない薄い背中、腰のくびれ、尻の丸み……。

あちこちで、生唾を呑みこむ音が聞こえた。晴夫も、何度も呑んだ。勃起してしまったのか、練習生たちが次第《しだい》に前屈《まえかが》みになっていく。晴夫も痛いくらいに勃起している。

「……これでよろしいですか？」

麗子が顔をあげて言った。

「あ、ああ……」

会長はすっかり毒気を抜かれていた。

「あんたの誠意はきっちり受けとった。これからは、ウルトラリラックスの長時間使用は控えるようにしよう」

畑の中の一本道を、晴夫と麗子は歩いていた。

最寄《もよ》りの駅からジムまで、タクシーで二十分。歩いたら何時間かかるかわからなかったが、タクシーが迎えに来るまでジムに留まっていたくなかったのだ。コンビニでもガソリンスタンドでも、適当に目印があるとこから電話でタクシーを呼ぶしかなかった。

ジムを出てからずっと、麗子は無言で歩いていた。長い睫毛《まつげ》を伏せてうつむき、ただ黙々と足を前に運んでいる。

その心中を察すると、晴夫は平常心を保っていられなかった。セクハラが苦手の泣き虫課長のくせに、あまりにも潔《いさぎよ》い態度だった。おそらく、心中に期するものがあるのだろう。会社を見返すために、本気でウルトラリラックスを百台売るという覚悟がなければ、とてもじゃないがあそこまでのことはできない。美しい容姿からは想像もつかない彼女の熱いハートに、ただ感嘆するしかない。

いや……。

平常心でいられないのは、麗子の下着姿がまだ脳裏《のうり》に生々しく刻みこまれているからでもあった。完璧なスタイルと、エロティックすぎるランジェリーのギャップに悶々《もんもん》としていた。そんなふうに思ってしまってはいけないと思いつつも、男の本能を揺さぶりたててくる下着姿だった。タイトスーツを颯爽《さっそう》と着こなしているときは、スケベ心を抱くこともできないくらいの高嶺《たかね》の花なのに、服を脱いだらなにかが違った。麗子もひとりの女だった。圧倒的に美しく、そのセクシーさで不良どもをノックアウトしつつも、か弱さや、可《か》憐《れん》さや、儚《はかな》さや、繊細《せんさい》さといった、女らしさを感じずにはいられなかった。

「あのう……」

沈黙が苦しくなり、晴夫は声をかけた。

「いくらなんでも、やりすぎだったんじゃないですかね……」

麗子は黙っている。再び黙々とふたりで歩く。畑の中の一本道はまだまだ続きそうで、コンビニもガソリンスタンドもいっこうに見えてこない。

「わたし、負けないことにしたの」

唐突に、麗子が言った。晴夫に、というより、目の前の高い青空に宣言するような言い方だった。

「セクハラに負けて仕事の幅を狭められるなんて、考えてみたら馬鹿みたいじゃない？見たいなら見せてあげるし、触りたかったら触らせてあげる。今日はちょうどよかった。プロジェクトがスタートになった日に、吹っきれるような事件にあたって、とっても気分がすがすがしい」

麗子の表情はしかし、すがすがしさとは正反対なものだった。恥辱《ちじょく》に歪みきり、唇を震わせていた。

晴夫は胸が締めつけられた。虚勢が痛々しかった。

「あなたのね……」

麗子は声音をわざとらしいくらい明るくして、話題を変えた。

「新入社員研修のとき、指導していたの、わたしの同期なの」

「えっ？　岸本《きしもと》さんですか？」

晴夫は眼を丸くした。

「そう。あなた、彼に言われて、ナンパを始めたんでしょ？　引っ込み思案の対人恐怖症で、岸本くん、最初はすごく心配してたんだって。それが、半ば冗談でイッパシの営業マンになるためにナンパをしてこいって焚《た》きつけたら、みるみる性格が明るくなっていったて……」

晴夫は言葉を返せなかった。

「わたし、知ってるんだから。あなたがただの女好きじゃないって、ちゃんと。だから、頑張ろう。頑張って、会社を見返してやろう……」

「課長……」

晴夫は目頭が熱くなった。麗子のピュアさが、胸に刺さった。彼女に認められたい、と思った。彼女の力になりたい、とも思った。結果的にそれが、会社を見返すことになるならば、それに越したことはなかった。

「ちょっとごめんなさい……」

麗子が不意に立ちどまった。道にしゃがみこんで顔を伏せた。

「大丈夫ですか？」

晴夫は焦ったが、

「大丈夫……」

麗子は顔を伏せたまま言った。

「だから、五分だけ……五分だけ放っておいて……」

ひっ、ひっ、と小さく嗚咽《おえつ》をもらしはじめた。それはみるみる大きくなり、やがて背中を震わせて号泣しはじめた。

（か、課長っ……）

晴夫も涙をこらえきれなくなった。落ち度もないのに下着姿になって土下座した麗子の屈辱を思えば、もらい泣きせずにはいられなかった。そこまでの覚悟に、男として奮いたたずにいられなかった。

（課長っ……課長のことは俺が守りますっ……この俺がかならずっ……）

麗子の震える背中を眺めながら、拳を握りしめた。久しぶりに、ナンパ以外のことで本気になった。やってやろうじゃないか、と思った。こうなったら、ウルトラリラックスを、百台でも二百台でも売ってやる。いつまでも震えのとまらない麗子の背中に、そう誓《ちか》った。

第二章　接待ゴルフ

1

「ナイスショット！」

麗子が打ったドライバーショットが、フェアウェイの真ん中を糸を引くように飛んでいく。

できる女はなんでもできるものなのだな、と晴夫は感心した。

今日は日曜日で、ここは北関東にあるゴルフコース。

麗子と晴夫は、かねてから営業をかけていた経営者たちとゴルフに来ていた。接待ゴルフである。と言っても、晴夫はゴルフができないので麗子のキャディーを務めていた。本当は、女子だけを揃えたかったようだが、智恵美と優奈には予定があると断られてしまったのだ。

接待の相手は三人。いずれも健康ランドやスーパー銭湯を経営している実業家で、還暦《かんれき》を越えた男たちだった。六十を超えてなお元気なのは、成金だからか、あるいはスケベだからか、彼らは麗子がスイングするたびに、彼女の下半身に熱い視線を送っている。打った瞬間のパンチラを決して見逃すまいと、眼を血走らせている。

ある意味、年齢を超えた健康体なのかもしれない。だが、麗子の太腿から尻を舐《な》めるようにむさぼり眺めるその表情は、同性の晴夫が見てもおぞましいとしか言いようのないものだった。最初こそ遠慮《えんりょ》がちにチラ見していたものの、三ホール目からは、ニヤニヤ笑いながら無遠慮な視線を投げるようになった。

とはいえ、麗子も麗子なのだ。

クラブハウスで更衣室から出てきた彼女をひと目見た瞬間、晴夫は激しい眩暈に襲われた。戦慄《せんりつ》さえ覚えたと言っていい。

スカートが短すぎた。ホットパンツさながらに、太腿が五分の四は露出していた。けれどもスカートだから、ホットパンツのように下着を隠せない。クラブを構えただけで、お尻からショーツが見えてしまいそうだった。

「さすがにやりすぎじゃないですか」

晴夫は困惑顔で耳打ちした。

「そんな短いスカートじゃ、打つたびにパンツ丸見えですよ」

「黙ってなさい」

気丈に言い放ちつつも、恥ずかしそうにもじもじしているから、なおさらいやらしい。堂々としていればいいのに、妙に猫背になったり、腰を落として歩いているから、逆にスカートの短さが気になってしかたがない。

つまり、麗子自身、ファッション的な見地から短すぎるスカートを選んだわけではないのである。接待相手に対するサービス精神の表れというか、営業ツールの一環というか、眼福を商談に役立てようという下心があってそんな格好をしたわけである。智恵美や優奈という援軍もなく、自分ひとりがお色気を担当しなければならないという悲壮感が、彼女からは漂っていた。

「おおっ、これはこれは……」

「こんなに美しい人とコースをまわれるなんて、夢のようだ」

「うーん、セクシーすぎる脚じゃないか」

麗子は一瞬で、オヤジたちの心を鷲《わし》づかみにした。

彼女の覚悟は本物だった。キャリアレディのプライドをかなぐり捨て、女の恥を切り売りしてでも、ウルトラリラックスをセールスするつもりなのだ。ショットのたびに、パンツを見せて……。

（か、課長っ……課長の根性には頭がさがりますっ……感服ですっ……）

晴夫は胸底でむせび泣いた。昨夜、自宅の鏡の前でコーディネイトを思案している彼女の姿を想像すると、本当に泣いてしまいそうになった。できることなら代わってやりたいが、男が下着を見せても気持ちが悪いだけだろう。しかし、麗子のパンチラなら効果があるに違いない。オヤジたちがスケベ心を躍《おど》らせて麗子の軍門に下り、大型契約を結べるかもしれない、そう期待した。

だが、ゴルフはすぐには終わらない。半日かかる。麗子はかなりの腕前のようだったが、それでも十八ホールで百回くらいはクラブを振らなければならない。百回ものパンチラを、接待相手に拝《おが》まさなければならないのだ。

麗子の顔は、羞恥《しゅうち》に赤く染まりっ放しだった。

一方の接待相手も、興奮に顔が上気していた。

麗子にも誤算があった。男という生き物をよく理解していなかった。

男は性的に興奮すると、理性を失ってしまう生き物なのだ。興奮が欲望を生み、さらなる興奮を欲して暴走しはじめるものなのだ。

最初は紳士《しんし》ぶっていたオヤジたちも、スイングごとにパンチラを見せられていると、視線がどんどん無遠慮になっていった。麗子がクラブを持つと、その背後でしゃがみこんでローアングルからパンチラを狙い、舌舐《したなめず》りまでするようになった。ゴルフが紳士淑女《しゅくじょ》のためのスポーツであるならば、彼らにゴルフをする資格はゼロだと思った。

十番ホールのティーショットを迎えるときだった。

最初に打つのは麗子だったのだが、オヤジたちのひとり、健康ランドのオーナーである松永《まつなが》が声をあげた。

「ちょっと待ってくれ。ストップ！　ストップだ！」

クラブを手にしていた麗子は、ボールを置くのをやめて振り返った。

「どうかしましたか？」

「どうしたもこうしたもあるもんか……」

松永はわざとらしいほど険しい表情で言った。

「ちょっとキミのやり方は汚いんじゃないかね？」

「汚い？　なにがでしょう？」

「それだよ」

松永は麗子のミニスカートを指さした。

「打つときに、白いものがチラチラ見える。おかげで眼がチカチカしてきて、僕の調子は狂いっぱなしだ」

極道も裸足《はだし》で逃げだすような、わけのわからない因縁《いんねん》だった。しかし、松永が真顔で言っているので、麗子は笑い飛ばすこともできない。

「……どうすればいいんでしょうか?」

蚊《か》の鳴くような声で訊ねると、

「脱ぎたまえ」

松永は当然のように言い放った。

「白いものが目障《めざわ》りなんだから、そこの木陰《こかげ》で脱いできたまえ」

「そ、そんな……」

麗子は青ざめた。

「ティーショットの前に、おかしな冗談はやめてください……」

「私が冗談で言っていると思うのかね?」

松永が凄み、

「むむっ!」

スーパー銭湯のオーナー、横井《よこい》と庄野《しょうの》がわざとらしく眼を押さえた。

「たしかに松永さんの言う通りだ。どおりでさっきから、眼が痛いと思ってたんだ。丸山課長が白いものをチラチラさせているからだったのか」

オヤジたちの眼が、いっせいに麗子に向いた。その眼は欲望に熱くたぎり、三十三歳の女課長をたじろがせる。

「もちろん！」

松永が腕組みをして胸を反《そ》らす。

「老い先が長いとは言えない我々の眼を気遣《きづか》ってくれるなら、我々もそれなりの対応をするよ。健康ランドやスーパー銭湯には、マッサージチェアがつきものだからね。一台二台とみみっちいことは言わず、もっと大口の取引を……そうだよなあ、横井さんに庄野さん！」

「その通り」

「もちろんですよ」

オヤジたちは三人とも、偉そうに腕を組んで胸を反らせていたが、股間《こかん》はもっこりと男のテントを張っていた。まったく最低だった。恥知らずにも程がある。勃起していることを隠しもせず、接待相手にノーパンを迫《せま》るなんて、セクハラもここに極まれりだ。

しかし……。

「わかりました」

驚いたことに、麗子はうなずいた。そそくさと木陰に向かおうとするので、

「待ってくださいよ」

晴夫はあわてて麗子の腕を取った。

「まさか……本当にやる気じゃないでしょうね？」

「あなたは黙ってて」

キッと睨みつけてきたが、その瞳には涙が浮かんでいた。

「やめましょうよ。いくらなんでも、そこまですることは……」

「キャディーはすっこんでろ！」

「そうだ、そうだ」

オヤジたちが股間のふくらみを誇示《こじ》しながら声をあげ、

「ありがとう」

ふっ、と麗子が哀《かな》しげに微笑《ほほえ》んだ。

「あなたのやさしさは忘れないから……」

もはや取りつく島もなく、木陰に向かって歩いていった。

2

ひどい話だった。いくら喉《のど》から手が出るくらい欲しい契約とはいえ、パンツを脱ぐのはやりすぎだ。

（あのとき、とめておくべきだった……クラブハウスで……）

晴夫は後悔に地団駄《じだんだ》を踏みたくなった。パンチラ確実のミニスカートを見たとき、着替えさせるべきだった。麗子のごとき美女がパンチラを何度も見せつければ、オヤジたちが理性を失ってしまう結果も当然予想できたはずだ。これでは、策士策に溺《おぼ》れるそのままである。

麗子が木陰から出てきた。

晴夫の視線はその脚に向く。生脚だった。ショーツを脱ぐために、ストッキングも脱いでしまったのだ。

（か、課長っ……）

悲痛に顔を歪めている晴夫の前を、麗子が通りすぎていく。眼を合わせなかったのは、見ないでくれというメッセージに違いなかった。しかし、見ないわけにはいかなかった。

毅然とした顔をして歩きつつも、麗子の心が羞恥に揺さぶられていることはあきらかだった。歩幅が妙に狭く、チョコチョコ歩いているし、少し風が吹くだけでスカートの裾《すそ》を押さえている。

だが、クラブを持ってティーグラウンドに立てば、もうスカートを押さえることはできない。両手でクラブを握り、スタンスを決めて腰を落とす。風よ、いまだけは強く吹かないでくれという、心の叫びが聞こえてくるようだ。

「ちょっと待ったたっ!」

松永が声をあげた。いままでのホール通り、麗子の後ろに陣取り、しゃがみこんでローアングルから彼女を見上げていたのだが、

「丸山課長のスイングはとってもきれいだからね。しっかり見せてもらって勉強させてもらおう」

そそくさと前にまわりこみ、しゃがみこんだ。横井と庄野がそれに続く。もやは彼らの暴走をとめる手立てはなく、いいように麗子は追いつめられていく。

(最低だっ……最低のオヤジどもだっ……)

晴夫はひとり、麗子の背後に立っていた。彼女がスイングしたときのことを考えれば、後ろ姿だって相当にエロい。前から見ていたらいったいどんな光景が拝めるのか、想像す

古いゴルフ漫画に、そうやってタイミングを図るとよく飛ばせるという法則が描かれていたらしい。

松永が声をかけ、「チャー・シュー・メン、チャー・シュー・メン」とコールが起こる。

「そら、丸山課長っ！　チャー・シュー・メンだっ！」

美貌《びぼう》の女課長が獣《けもの》であることを証明する、黒いふさふさしたものが……。

黒いものが見えるはずだった。

ると身震いが起きる。

「ううう……」

麗子は背中を震わせながら、バックスイングに入った。もはや彼女にできることは、できるだけ早く、できるだけ遠くにボールを飛ばすことだけだった。さっさと打ったほうが恥ずかしくないし、遠くに飛ばせば打つ回数を少なくできるからである。

（ああっ、課長っ……）

晴夫は眼を閉じようとした。部下として、上司の生尻だけは見てはいけないような気がした。だが、瞼《まぶた》は最後まで落とせなかった。ぎりぎりまで細くなった視界の向こうで、麗子がクラブを唸《うな》らせた。ダウンスイングとともに腰が回転し、ミニスカートが翻《ひるがえ》る。

白い尻が、見えた。三十三歳と言えば熟女にカテゴライズされてもおかしくないのに、プリンプリンの桃尻だった。

「うおおおっ！」

オヤジたちが野太い歓声《かんせい》をあげる。大きく見開かれたその六つの眼球には、麗子の恥ずかしい繊毛《せんもう》が映っているに違いない。

「いっ、いやあああっ……」

麗子が悲鳴をあげた。ノーパンでミニスカートを翻してしまったから、だけではなかった。玉がティーに残っていた。

空振りしてしまったのである。

「やり直しだ、やり直しっ！」

「たまらんな、こんな素晴らしい接待ゴルフは初めてだよっ！」

オヤジたちは、やんややんややの大歓声だ。

（か、課長っ……）

麗子の気持ちを考えると、晴夫はむせび泣いてしまいそうだった。先ほどまで、彼女はパンチラをものともせず、ドライバーで二百ヤードは飛ばしていたのだ。それが空振りだ。さすがの麗子も、ノーパンではどうにもならないらしい。

「う、打ち直します……」

麗子が震える声を絞りだし、バックスイングに入る。クラブを振る。ミニスカートは翻り、桃尻が丸出しになったものの、やはりボールは前に飛ばず、ティーに残ったままである。

オヤジたちは発情しきった牡犬《おすいぬ》のように、ハアハアと息をはずませていた。これ以上なく下品な顔で、いまにも舌まで出しそうだった。

限界だった。

これ以上、麗子をさらし者にするわけにはいかなかった。

「もう勘弁してくださいっ！」

晴夫は麗子の前に躍りでて、スケベ面でしゃがみこんでいるオヤジたちに土下座した。

「これ以上、課長をいじめるのはどうか……どうかやめていただけませんか。この通りです。もう充分じゃないですか」

芝生《しばふ》に額をこすりつけた。芝生というには意外に硬《かた》くてトゲトゲしているものだと知った。

「そういうことを言うなよ」

松永が鼻白んだ顔で言った。

「せっかくの楽しいゴルフが台無しじゃないか。なあ？」

横井と庄野が大きくうなずく。

「僕たちはね、なにも丸山課長をいじめているわけじゃないよ。信用に足《た》る人物かどうかを見極めようとしているだけなんだ。なにしろおたくのマッサージチェアは高いじゃないか。他社の倍だ。しかし、担当者が信用に足る人物であれば、値段なんかどうだっていいんだよ。ビジネスっていうのは、英語で関係という意味だからね。人と人との繋がりを大切にしたいわけだ」

「ですが……」

ならばなおさらこんなセクハラはやめてほしい、と晴夫は目顔で訴えた。

「なんだね？ キミは僕が屁理屈《へりくつ》を言ってるとでも思っているのかね。それは大変な誤解だ。丸山課長は頑張ってくれた。僕の信用を勝ち取りつつある。いまの段階で、そうだな……五台購入してもいい。うちの健康ランドに、ウルトラリラックスを五台入れてもね」

松永が片手を差しだすと、

「うちも五台」

「私のところも五台」

横井と庄野も松永に続き、真剣な面持《おもも》ちで片手をあげた。

「本当ですか？」

麗子が晴夫の前に出て、オヤジたちの前でひざまずく。

「本当に五台ずつ、ウルトラリラックスを購入していただけるんでしょうか?」

「嘘は言わん」

松永が言い、横井と庄野がうなずく。

「しかも、いまのところは、だ。まだラウンドは終わってない。ゴルフは続いている。クラブハウスでお疲れのビールを飲むときには、もっと台数は増えているかもしれない」

「ありがとうございます……」

麗子は瞳を潤ませて、深々と頭をさげた。

(やめてくれっ……やめてくれよ、課長っ……)

晴夫は唇を噛みしめた。なにが信用だ。松永たちはただ、麗子のスカートの中を見たさに、五台購入することにしただけだ。一台百万円で五百万、三人で計一千五百万の商《あきな》いだ。もちろん、少ない額ではなかった。アンダーヘアを見せるだけでそれだけの金を引っ張れる女なんて、伝説の風俗嬢でも無理だろう。

しかし、こんな札束で頬をひっぱたくようなやり方を認めてしまっていいのだろうか。

麗子は嬉しそうだった。土下座をしている晴夫にさがるように言い、ドライバーを構えた。販売促進プロジェクトはまだ始まったばかりだから、一台も売れていなかった。この十五台は、いいスタートダッシュになる。彼女はそう思っているに違いない。

だが、その代わりに恥辱にまみれた接待ゴルフは続く。麗子がスイングし、ようやくヘッドにボールが当たった。フェアウエイの真ん中を、糸を引くように白いボールが飛んでいく。

「ナイスショット！」

オヤジたちは言いつつも、ボールの行方など見ていなかった。ミニスカートがめくれ、露《あら》わになった黒い草むらを、熱い視線でむさぼり眺めていた。

3

ようやくのことで十八ホールをまわり終えた。

晴夫の脳裏には、スイングのたびにチラリと見える麗子の白い桃尻が、生々しく焼きついていた。何度か、前からも見てしまった。真っ白い下腹に茂った、優美な小判形をした草むらを目撃してしまった。美人はそんなところまで美しいのだな、と感動した。縮れの少ない艶《つや》のある繊毛が風になびくと、薔薇《ばら》の香りでも漂ってきそうだった。

「ちょっといいかな」

息絶えだえで更衣室に向かおうとする麗子に、松永が声をかけた。

「なあ、丸山課長。もしよかったらみんなで家族風呂に入って、背中を流してくれんかね？」

いいわけないだろう、と晴夫は胸底で吐き捨てた。いくら接待ゴルフとはいえ、どこまで図々しい男なのだろうか。

「いいえ……申し訳ございませんが、それは……」

麗子が苦りきった顔で言った。当たり前だ。ノーパン・ミニスカでハーフ近くまわった彼女は、恥辱に打ちのめされていた。いくらセールスのためとはいえ、会社を見返してやるためとはいえ、女としていちばん大切なものを切り売りしてしまったのである。

麗子はきっと泣くだろう。熱いシャワーを浴びながら、号泣するつもりなのだろう。晴夫にはそれがわかった。家族風呂で背中を流すことなど、とんでもない話だった。

「もちろん、ただとは言わんよ」

松永は片手をあげ、さらにもう片方の手で指を二本立てた。

「背中を流してくれるなら、五台の約束を七台にしてもいい」

「うちも七台！」

「うーむ、私も二台追加しましょう」

横井と庄野が続く。

（こ、この……この金満家どもがっ！）

晴夫は平静を装《よそお》いつつも、激しく腹をたてていた。なるほど、金には人を動かすパワーがある。世の中に金で買えないものはないかもしれない。しかし、だからこそ使い方には気をつけなければならない。使い方を誤《あやま》れば、品格を失い、軽蔑《けいべつ》されてしまうのが金なのである。

しかし……。

「本当ですか？」

麗子はお人形を買い与えられる直前の少女のように、胸の前で両手を組んで瞳を潤ませた。歓喜のあまり、体までよじりはじめていた。

「七台ずつお買いあげいただけるなら、そうまでして弊社の窮状《きゅうじょう》を助けていただけるなら、お背中をお流しするくらいお安いご用です。ええ、やらせていただきますとも」

晴夫の心にはぽっかりと穴が開き、そこに冷たい風が吹き抜けていった。

見たくなかった。ある意味、下着姿で土下座したり、ノーパン・ミニスカでのスイングを強要されたときより、いまの麗子は見るに耐えなかった。札束で頬をひっぱたいてくる下品なオヤジどもに、麗子は尻尾《しっぽ》を振っていた。ちぎれんばかりに振りまわして、卑屈《ひくつ》に媚《こ》びを売っていた。

(帰ろうかな、もう……)

晴夫は握りしめた拳を震わせた。こんな茶番劇に付き合ってるくらいなら、さっさと辞表を出してしまったほうが、よほどすっきりしそうだった。失業者になり、再就職の面接にことごとく落とされ、自分はこの世でもっとも価値のない人間であるという想念にとらわれて、海に向かって涙ながらに馬鹿野郎と叫ぶより、いまの麗子を見ているほうがよほどつらい。

「よーし、それじゃあ家族風呂を予約してこよう」

松永がフロントに向かい、横井と庄野がほくほく顔で側にあったソファに腰をおろす。

「森山くん……」

麗子が耳打ちしてくる。

「あなたはきっと、わたしのこと軽蔑してるでしょうね。して当然だと思う。いまのわたし、最低よね？　女を使ってセールスするなんて、恥知らずもいいところよね？　でも……でもね、わたしがここで恥をかけば、沢口さんや仲村さんだって助かるのよ。わたしはなにも、会社を見返したいっていう自分の意地だけで、こんなことをしているわけじゃないの。森山くん、あなたを含めて、プロジェクトの参加者には、全員ハッピーになってもらいたいの。だから……」

「……もういいです」

晴夫はむせび泣きそうになるのを、必死にこらえていた。

「課長の気持ちはわかってますから、もう……」

まったく、なんと心の熱い人なのだろう。感動せずにはいられなかった。と同時に、自分の器《うつわ》の小ささが情けなくなった。自分のことばかり考えていたことが恥ずかしかった。

麗子はプロジェクトのメンバーのことまで考えて、恥辱にまみれる覚悟を決めたのだ。営業の経験のない智恵美や優奈のぶんまで数字をあげようと、懸命に足掻《あが》いているのだ。

「じゃあ、見ててね……」

麗子は晴夫の耳元で声を震わせた。

「わたしがみんなのために体を張るところ、しっかり……」

晴夫はうなずいた。首の骨が折れそうになるくらい、何度も何度もうなずいた。

家族風呂はそれほど大きくなかった。

湯船は大人が三人入れば満員になりそうで、カランも四つしかなかった。松永に横井に庄野、そして晴夫が入るとすでに窮屈な状態で、晴夫はカランに座らず隅に立っていた。

おまえはべつにここにいなくてもいいんだよ、という視線が三人から飛んできたが、木偶《でく》の坊《ぼう》を装って無視した。麗子をひとりにするわけにはいかなかった。見ていてと言われたからには、麗子がどれだけ恥にまみれ、卑屈な姿をさらしても、眼をそらしてはいけないと思った。

「失礼します」

磨《す》りガラスの引き戸を開けて、麗子が入ってくる。ゴールドベージュのブラジャーとショーツを着けていた。コースに出たときは白いショーツを穿いていたはずだが、あれはやはり見られてもいい下着、いわゆる「見せパン」だったのだろう。

スケベオヤジたちからどよめきが起こった。光沢のある生地や、豪華な刺繍《ししゅう》やレースから、ゴールドベージュの下着は一見して高級品であることが察せられたが、それが彼女の趣味なのか、ハーフカップにTバックだった。ボクシングジムで披露《ひろう》したワインレッドのランジェリーと似たようなデザインだ。胸の谷間も、左右の尻丘も露わにした、セクシーすぎるランジェリーである。

オヤジたちは軽口も叩けないほど圧倒されてしまったようで、阿呆みたいに口を開けて見とれている。異様な沈黙が、狭い家族風呂に大人五人という窮屈さをひときわ増長させ、息が苦しくなっていく。

「それでは……順番にお背中を流させてもらいます」

さすがに恥ずかしいのだろう、麗子は眼の下を紅潮させた顔を下に向けていた。うつむいたままスポンジを泡立て、まずは松永の背中から洗いはじめる。

「力加減は大丈夫ですか？」

「ああ、いいよ……とってもいい……」

松永はうっとりした表情で、すっかり鼻の下を伸ばしきっている。前屈みになっているのは、勃起しているからだろう。まったく元気なオヤジである。とはいえ、かくいう晴夫も腰にタオルを一枚巻いた格好で痛いくらいに勃起しており、麗子がこちらを振り返らないことを祈るしかなかった。

泡立った松永の背中をシャワーで流すと、麗子は続いて横井の背中を洗いはじめた。手《て》際《ぎわ》がよかった。一刻も早くこんな破廉恥《はれんち》な奉仕は終わりにしたいという気持ちが、晴夫にはひしひしと伝わってきた。

（頑張ってください、課長っ……あとひとりですっ……あとひとりで終わりですっ……頑張れっ！）

晴夫は心の中で、懸命に応援した。淡々と手を動かしているように見えて、麗子の呼吸ははずんでいた。心の中で、途方もない羞恥に身悶えていることは想像に難くなかった。

泣き虫課長と言われたガラスのハートが、悲鳴をあげているに違いなかった。

それでもなんとか、庄野の背中まで流しおえた。麗子は一瞬眼を閉じ、深く息を吐きだすと、

「それでは失礼します」

と風呂場から出ていこうとした。晴夫もまた、安堵《あんど》の胸を撫で下ろしていた。恥知らずなオヤジ軍団のことである。麗子が下着姿でいるのをいいことに、さらなるセクハラを仕掛けてきやしないか気が気ではなかったのだが、どうやら無事にすみそうだった。

しかし……。

次の瞬間、晴夫は自分の甘さを骨の髄《ずい》まで思い知らされることになる。

「待ちなさい」

松永が言った。

「せっかくだから、前も洗ってもらえないかね？」

椅子の上で体の向きを変え、麗子に向かって両脚をひろげた。その中心では、黒光りを放つ男性器官が、天狗《てんぐ》の鼻のように隆々《りゅうりゅう》とそそり勃《た》っていた。

（ふ、ふざけんなっ！）

晴夫は自分の顔が燃えるように熱くなっていくのを感じた。

麗子の顔も真っ赤になっている。さすがに怒ったらしく、眼を吊りあげ、きりきりと松永を睨む。

「ハハハッ、そんなに怖い顔しちゃいかんよ」

松永は余裕の笑みを浮かべた。

「もちろん、ただで洗ってくれとは言わん。ウルトラリラックス、十五台引き受けようじゃないか。それならどうだ？　あぁーん？」

「じゅ、十五台……」

麗子は睨むのをやめた。にわかに態度が落ち着かなくなり、視線が泳ぎだした。

「ムハハハッ」

横井が笑った。

「松永さんも豪気ですなあ。一気に倍以上ですか」

「なーに、どうせマッサージチェアは必要ですから。同じ買うなら、少々高くても、サービスのいい美人担当者がいるところがいいじゃないですか」

「ならば、付き合わさせてもらいましょう。連れションならぬ、連れ洗いだ。こっちも十五台」

椅子の上で体の向きを変え、勃起しきった男根を見せる。

「私だけ仲間はずれは嫌ですよ。こっちも十五台」

庄野も麗子に男根を向ける。

（う、嘘だろ……）

晴夫はほとんど戦慄していた。松原も横井も庄野も、健康ランドやスーパー銭湯を繁《はん》盛《じょう》させていると聞く。それも一店舗だけではなく、関東全域に何店舗も展開しているらしい。

とはいえ、一気に十五台とは、目ん玉が飛び出るような設備投資だ。金持ちの考えていることはわからない。あるいは麗子に、それほどの魅力があるということか。是が非でも勃起しきった男根を、彼女に洗ってもらいたいのか。

「じゅ、十五台ですか……」

麗子は息を呑み、視線を彷徨《さまよ》わせた、その美しい黒い瞳には、おぞましい光景が映っていた。還暦をすぎた男が三人、浴室用の椅子の上で大きく脚を開き、そそり勃った肉の棒を誇示していた。

4

晴夫はクルマを走らせていた。高速道路の景色は退屈で、東京まで二時間もかかると思うと、早くもうんざりしてくる。

助手席の麗子は酔っていた。会話はなくとも、吐息《といき》に酒の匂いが含まれているのがはっきりとわかる。

ハンドルキーパーの晴夫は一滴も飲まなかったが、麗子は風呂上がりの宴会でかなり飲んでいた。飲まずにいられなかったのだろう。

十五台×三、一気に四十五台がセールスできるビジネスチャンスを前に、麗子は結局、恥も外聞《がいぶん》も捨てた。女としてのプライドも人間としての尊厳も羞《は》じらいだけが生みだすことができる女の色気も、捨てられるものはすべて捨てた。「ありがとうございます、ありがとうございます」とうわごとのように言いながら、米つきバッタのように頭をさげ、三本の男根を時間をかけて丁寧《ていねい》に洗った。風呂からあがっても妙にはしゃいでいて、しなをつくって酌《しゃく》をしてまわっていた。

しかし……。

宴会がお開きになり、晴夫とふたりきりになると、その表情は一気に暗くなった。眼つきが虚《うつ》ろになり、口をきかなくなった。三カ月で百台という、会社に課せられたセールスを一気に半分近く達成できたというのに、満足感は欠片《かけら》も漂っていなかった。

麗子は言い訳をしなかった。ただせつなげな表情で窓の外を眺めていた。痛々しかった。晴夫にはかける言葉もなく、そちらに視線を向けることさえはばかられた。

そんなことではいけなかった。

麗子が体を張ったのは、自分たちのためでもあるのだ。ここはひとつ、励《はげ》ましの言葉でもかけて、彼女を元気づけるべきだった。なんなら、このあと飲みに誘ったっていい。酒を飲んでセクハラオヤジたちの悪口でも言いあえば、少しは麗子も元気になってくれるかもしれない。

わかっていても、言葉が出なかった。

なにも言えなかった。

脳裏にはまだ、麗子がオヤジたちの男根を洗ってたときの様子が、生々しく焼きついている。ノーパン・ミニスカでスイングしていたとき、彼女にはまだ羞じらいがあった。しかし、男根を両手で洗っているときは、浅ましいほど眼を輝かせて、「ありがとうございます、ありがとうございます」と取り憑《つ》かれたように言っていた。

卑屈を絵に描いたようだった。

どんな状況でも、人間、卑屈になったら終わりだ。いままで尊敬していた立派な人でも、一瞬にして軽蔑の対象になる。

麗子のそんな姿を見たくなかった。

彼女のことだけは軽蔑したくなかった。

どうすればあの光景を記憶から抹殺《まっさつ》することができるのか、晴夫は運転しながら、そのことばかりを考えていた。

「ねえ、森山くん……」

不意に麗子が声をかけてきた。

「わたしのこと軽蔑してる?」

「い、いえ……」

晴夫は即座に首を横に振った。

「課長のおかげで、プロジェクトのメンバー全員が助かりました。だって四十五台ですよ。目標まであと半分とちょっとじゃないですか。完璧なスタートダッシュです。課長じゃなかったら、こんなミラクル起こすことはできなかったと思います……軽蔑どころか尊敬してますよ」

言いながら、自分の言葉が嘘にまみれていることに気づく。麗子にもそれが伝わったのだろう。彼女の表情は晴れることなく、沈痛な面持ちになっていくばかりだった。

「そう言ってもらえると、少しは救われるけど……」

か細く震える声で、麗子が言う。

その話題はやめるべきだ、と晴夫は思った。過去を振り返っても、取り返しがつかないことに哀しくなるだけだ。晴夫は他の話題を探した。なかなか見つからなかった。麗子とはプライヴェートで接点があるわけではなく、一緒に仕事をしはじめてから日も浅い。趣味も知らないし、食べ物の好みも知らない。話題は仕事のことだけだった。ならば、あと五十五台をどうやってセールスしていけばいいか、一緒に作戦を練《ね》ろうと思った。哀しい過去を振り返るくらいなら、未来に眼を向けたほうがずっとマシだ。

「あのう……」

チラリと麗子を見ると、泣きそうな顔で両手をじっと見つめていた。

「わたし……汚れちゃった……」

絞りだすような声で、麗子が言った。あまりの悲壮感に、晴夫は言葉が継げなくなってしまった。セールス作戦の話題は一瞬にして吹っ飛んだ。

「ねえ、森山くん。あの人たちのオチンチンを洗いながら、わたし、なに考えてたと思う？」

「さ、さあ……」

「最初はね、もちろんセールスのことを考えていた。目標を達成するためなら、恥をかいたって、汚れちゃったって、かまわないって……本当にそう思ってた。でもね……でも、途中から別のこと考えてた。オチンチンってこういう形してたんだ、こんなに硬かったんだ、ズキズキしてるんだ、なんて……」

「やめましょうよ」

晴夫は言ったが、麗子はやめなかった。強引に話題を変え、その先を麗子に言わせるべきではなかった。

「アハハ、最近、エッチしてないから、欲求不満なのかしらね。三本目のオチンチンを洗ってるときには、セールスのことなんかどうでもよくなって、夢中になってた。みんなの視線が、下着姿のわたしに集まってたでしょう？　最初は恥ずかしかったけど、肌が火照《ほて》ってしょうがなかった。もじもじしながらね、本当はかなり興奮してたの……エッチなことばっかり考えてたの……悪い女よね……うん。わたしって、とっても悪い女……」

晴夫の脳裏に、オヤジたちの男根を洗っていた麗子が蘇《よみがえ》ってくる。生来の美貌に加え、ゴールドベージュのセクシーランジェリーに身を包んだ姿は生唾を呑みこまずにはいられないほど圧倒的だったのに、表情はどこまでも卑屈で、「ありがとうございます、ありがとうございます」と馬鹿のひとつ覚えのように繰り返していた。思いだすほどに、心が千々に乱れる。

麗子の偽悪的な告白が続く。

「実はね、コースの途中でパンツを脱いだときもそうだったの。恥ずかしくて恥ずかしくて死にたいくらいなのに、スイングして、ふわってスカートがめくれる瞬間ね、気が遠くなるほど気持ちよかった、殿方たちの熱い視線に、失神しちゃいそうだった……ねえ、ちょっとどこ行くの？」

晴夫は高速道路を降りようとしていた。先ほどから、ラブホテルの看板がいくつも眼に飛びこんできていた。下の道に出ると、タイヤを鳴らしてUターンし、そこに向かった。

「ねえ、ちょっと森山くん、なに考えてるの？」

ラブホテルの駐車場にクルマを停めると、晴夫は運転席から飛びだした。助手席のドアを開け、麗子の手をつかんで建物に入った。ロクに選びもせず部屋を決め、鍵を受けとってエレベーターに乗りこんだ。麗子は落ち着かない様子でなにか言いたげだったが、晴夫はひと言も口をきかなかった。黙した険しい表情で緊張感を漂わせ、麗子にしゃべるタイミングを与えなかった。

「ねえ、どうしたの？　気分が悪くて休みたくなったの？」

部屋に入ると、麗子は心配そうな表情で晴夫の顔をのぞきこんできた。先ほどまでは痛々しいほど偽悪的だったのに、今度はカマトトだ。晴夫は抱きしめた。眼を見開いた麗子に言葉を発する間を与えず、唇を重ねた。

「うんんっ……」

ますます眼を見開く麗子の口の中に、舌をねじこんでいく。からめあい、吸いたてる。

罪悪感がなかったわけではない。彼女は上司だった。しかし、上司であること以上に、彼女の美しさが罪悪感を駆りたてる。これほど美しい年上の女を抱いてしまっていいのかどうか、躊躇《ためら》ってしまう。

麗子は鼻奥で悶えながらも、なんとかして舌を逃がそうとしたが、晴夫は逃がさなかった。強気の姿勢を崩したら、なにもできなくなりそうだった。抱擁《ほうよう》を強め、動けないようにして、しつこいまでに舌をしゃぶりあげてやった。

麗子の瞼が落ち、眼の下が紅潮してくると、体をまさぐった。いつもは一分の隙《すき》もなくタイトスーツを着こなしている女課長も、今日はカジュアルな装いだった。薄手のダウンジャケットにニット、コーデュロイのパンツ。

晴夫はダウンジャケットを脱がせ、ニットの上から胸のふくらみを揉みしだいた。カシミアだろうか、とても上質なニットだったが、それを盛りあげているふくらみは、それ以上に触り心地がよかった。下着姿を見たときにはやや控えめに見えたものの、手にしてみるとずっしりと量感がある。軽く指を食いこませれば、その弾力に陶然となってしまう。

ニットを脱がした。クラブハウスの家族風呂で見た、ゴールドベージュのブラジャーが姿を現す。晴夫は胸のざわめきに突き動かされるようにして、麗子の手を取り、ベッドに連れていった。カヴァーを剝《は》がして押し倒すと、

「やめて……」

麗子はすがるような眼つきで言った。

「やめません」

晴夫は即座に言い返した。

「課長が汚れたって言うなら……僕も……僕も一緒に汚れます……」

ベルトをはずし、下半身にぴったりとフィットしたコーデュロイのパンツを、果物の薄皮を剝がすように脱がせていく。麗子が羞じらいにあえぐ。ナチュラルカラーのストッキングの下で、ゴールドベージュのハイレグショーツが股間にぴっちりと食いこんでいる。

晴夫は鼻息を荒げて、ストッキングを脱がした。乳房同様、太腿も間近で見るとすさまじい迫力があった。きっとノーブルな美貌が、肉感的なスタイルを中和しているのだろ

う。首から下だけのヌードを見れば、グラビアアイドルも裸足で逃げだしそうなほどいやらしい体つきをしている。

晴夫は麗子に馬乗りになり、まずは胸から愛撫しはじめた。ゴールドベージュのブラジャーは、ハーフカップで面積は狭いのに、レースや刺繍でゴージャスに飾られていた。両手をそっと押しあてると、レースや刺繍のざらつきが手のひらを甘くくすぐってくる。

こみあげてくる欲望のままに揉みしだいた。ハーフカップなので、レースや刺繍と同時に柔らかい乳肉の感触も味わえた。すぐに夢中になった。ブラジャーをはずすと、息を呑むほどの丸みをたたえた乳房が姿を現した。乳首は濃いピンク色だった。ついている位置が高いせいで、格好がよかった。

乳首に吸いつくと、麗子は淫らに歪んだ声をあげた。喜悦をこらえるように息を呑み、それを吐きだすたびに呼吸が荒々しくはずんでいく。晴夫の呼吸もはずんでいた。女好きでは人後に落ちない自信があるが、乳房と戯《たわむ》れているだけでこれほど興奮したのは初めてかもしれない。

乳首を限界まで尖りきらせると、晴夫は体を後ろにずらしていった。脇腹やお腹にキスの雨を降らせた。ウエストのくびれ方が尋常《じんじよう》ではなかった。ゴールドベージュのショーツが食いこんだ股間からは、いやらしい匂いが漂っていた。脱がすか脱がさないか、一瞬迷った。ショーツを穿かせたままねちねちと愛撫をし、女を焦《じ》らすやり方も嫌いではなかった。

しかし晴夫は、思いきって脱がせてしまった。

ねちっこい愛撫をしている場合ではなかった。

一刻も早く、なにも考えられない快楽の海に溺れたかった。

麗子もきっと、それを望んでいることだろう。

5

「ああっ、いやっ……」

覆《おお》うものがなくなった股間を、麗子は恥ずかしげに両手で隠した。クラブハウスで飲んだアルコールのせいもあるのだろうが、首から上が可哀相《かわいそう》なくらい真っ赤になっていた。

その姿をむさぼり眺めつつ、晴夫は服を脱いだ。ブリーフ一枚になり、麗子の両手を股間から剝がした。抵抗しようとするのを眼力で制した。スイングのたびにミニスカートの下から見えていた黒い草むらが、眼に飛びこんでくる。優美な小判形をした草むらはしかし、いやらしく逆立《さかだ》っていた。興奮し、発情しているのを、隠すことができなかった。

晴夫も興奮していた。ブリーフの前は恥ずかしいくらい隆々とテントを張っていた。イチモツをブリーフから解放してやりたい衝動をこらえつつ、麗子の両脚をひろげていく。赤ん坊のおしめをかえるようなM字開脚に押さえこみ、女の花を露わにする。

美しい大輪の花が、そこにあった。短い繊毛に縁取《ふちど》られたアーモンドピンクの花びらが、行儀よく口を閉じて魅惑の縦筋をつくっていた。晴夫は顔を近づけた。獣じみた匂いが鼻についた。唇を押しつけ、舌を差しだした。縦筋をなぞるように舌先を動かした。下から上に、下から上に、何度か舌を往復させてやると、花びらの合わせ目がほつれてきた。露わになった薄桃色の粘膜に、舌をねじこんだ。

麗子が声をあげる。羞恥の度合いが次第に弱まり、喜悦の色彩を帯《お》びてくる。声だけではなく、身をよじり、太腿を震わせる。

晴夫は奥からあふれてきた熱い蜜を啜《すす》り、花びらを口に含んでしゃぶりあげた。くにゃくにゃした鶏冠《けいかん》じみた感触のそれが、麗しき女課長の体の一部とはどうにも信じられなかった。上目遣いで見上げれば、麗子はたしかにあえいでいるのだが、それでもまだ信じられない。

クリトリスに愛撫を集中すると、麗子は白い喉を見せてのけぞった。最近エッチをしていない、と彼女は先ほど言っていた。欲求不満かもしれない、とも言っていた。偽悪的な嘘だろうと思った。麗子ほどの美人が男に困るわけがないし、もし現在付き合っている人がいなくても、欲求不満という言葉ほど彼女にそぐわないものはない。

しかし、あながち嘘ではないのかもしれなかった。三十三歳にしては、あえぐ姿がぎこちない。経験の浅さが、反応のあちこちに垣間見《かいま》える。けれども、あふれる欲望は感じる。欲求不満とは思いたくなかった。きっと晴夫と一緒で、一刻も早く快楽の海に溺れ、なにも考えられなくなりたいのだ。

晴夫はクリトリスをしつこく吸いたてながら、麗子の胸に両手を伸ばした。物欲しげに尖りきった左右の乳首を指でつまみ、押しつぶした。麗子の声が、ひときわ甲高《かんだか》くなる。喉を突きだしながら叫び、弓なりに反らせた体を小刻みに震わせる。

もう我慢できなかった。

晴夫はブリーフを脱ぎ捨て、勃起しきった男根を露わにした。収縮性の強い生地に閉じこめられていた肉の棒は、勢いよく反り返り湿った音をたてて下腹に貼りついた。

恥ずかしいほどの勃ちっぷりだった。だがもちろん、恥ずかしがっている場合ではない。根元を握りしめ、切っ先を濡れた花園にあてがった。先ほどまで慎《つつ》ましく口を閉じていた麗子の花は、執拗《しつよう》なクンニリングスで大輪の薔薇のように咲き誇っていた。

視線が合った。お互い息を呑み、見つめあった。麗子が祈るように眉根を寄せる。美しくも、淫らだった。晴夫は自分の存在が興奮に呑みこまれていくのを感じながら、腰を前に送りだした。

麗子が眼をつぶる。だがすぐに薄眼を開け、潤んだ瞳で下から見つめてくる。晴夫は視線をからめながら、ゆっくりと彼女の中に入っていった。充分に濡れていたが、肉と肉がひきつれる感じが多少ある。それを馴染《なじ》ませるように小刻みに出し入れしながら、奥へ奥へと進んでいく。

最後まで到達しないうちに、麗子が両手を伸ばしてきた。晴夫は抱擁に応え、丸々と実った乳房を押しつぶす勢いで抱きしめた。自然と唇が重なった。舌と舌とをからめあった。最後まで貫かないまま、晴夫は腰を使いはじめた。遠慮がちに抜き差ししながら、口づけを続けた。

愛でもなく、恋でもなく、欲望の発露でさえない、
なんと名付けていいかわからないセックスだった。

しかしお互いに、ひどく興奮している。男根に吸いついてくる濡れた肉ひだの感触で、麗子の興奮が伝わってくる。晴夫の腰使いに熱がこもる。ゆっくりと抜いて、いちばん奥まで突きあげる。粘りつくような音がたつ。麗子が音に羞じらって身をよじりはじめる。口づけは続いている。熱い吐息をぶつけあいながら、唾液と唾液を交換する。

傷の舐めあい——そんな言葉が脳裏をよぎった。

嫌な気持ちにはならなかった。麗子が傷ついているなら、舌の根が痺《しび》れるまで舐めてやりたかった。晴夫も傷ついていた。今日の麗子を見ているのは、本当に心の底からつらかった。

「ああぁっ！」

麗子が腕の中で総身をのけぞらせる。その体をきつく抱きしめて腰を振りたてれば、さらにのけぞって背中が弓なりに反り返っていく。

たまらなかった。

晴夫は忘我の心地で腰を使い、あえぐ麗子の舌を吸った。乳房を揉みしだき、乳首を舐めまわし、届く範囲の肌という肌に手のひらを這《は》わせていく。

求めていた時が訪れたはずだった。頭を真っ白にして快楽だけをむさぼればいいはずだった。だが、たまらない快楽と同時に、別の感情がこみあげてくる。気持ちよくなればなるほど、その感情が大きくなっていく。

「課長っ！　課長っ！」

愛しさに感極まりそうになり、言葉が口から迸《ほとばし》った。麗子が薄眼を開けて見つめてくる。見つめあいながら腰をまわしあう。麗子は言葉を返してくれなかったが、それで充分だった。刻一刻と歪み、蕩《とろ》け、くしゃくしゃになっていく美貌を眺めているだけで、男根が限界を超えて硬くみなぎっていく。女体を深々と貫いていく。ひとつになっている実感がすごい。もっと密着したいと抱擁に力をこめれば、汗ばんだ肌と肌とがこすれあい、夢心地の気分にいざなわれていく。

「も、もうダメッ……」

麗子が眉根を寄せて唇を震わせた。限界が迫っているようだった。それは晴夫も同じだった。一度もピッチを落とさないまま、連打を送りこみつづけていた。射精の衝動は、もうすぐそこまで来ている。

最後の力を振り絞って突いた。呼吸のことなど、とっくに忘れていた。名付けようのないセックスでも、セックスはセックスだった。上司と肉体関係を結んでしまった。罪悪感はしかし、もはや興奮の炎に注ぎこまれる油と一緒だった。悪いことをしている実感が、たまらなく甘美《かんび》だった。麗子を抱きしめた。ただ抱きしめているだけでは足りなくなり、両脚を抱えこんだ。結合感がいっそう強まり、麗子がちぎれんばかりに首を振る。白い喉を見せて、獣じみた悲鳴をあげる。女体が痙攣をしはじめる。激しい痙攣を押さえこむように、渾身《こんしん》のストロークを打ちこんでいく。晴夫にも限界が訪れる。

男根を引き抜き、みずからの手でしごいた。ふいごのように上下している麗子の白い腹部に、煮えたぎるほど熱くなった白濁液を噴射させた。

「おおおっ……」

だらしない声をもらしながら、長々と放った。麗子の胸の谷間から黒い草むらまで、白濁液は飛び散った。麗子はあえぎながら、五体の肉という肉を痙攣させていた。脚を閉じることもできないあられもないポーズで裸身を震わせるその姿に、いつまでも射精の発作はおさまってくれなかった。

第三章　料亭の毒牙

1

　ウルトラリラックス販売促進特別プロジェクトの面々がデスクを並べているのは、営業部のフロアのいちばん端にある、パーテーションで区切られただけの異様に狭いスペースだった。いかにも隔離《かくり》された島流し部署という雰囲気で、晴夫は毎朝やってくるたびに、溜息《ためいき》をもらさずにはいられなかった。

　壁には麗子がつくった法人のリストが貼られていて、契約が成就《じょうじゅ》したところには小さな赤い薔薇の造花が、契約台数だけ刺されていた。まるで選挙事務所のようである。

　薔薇の数は現在、四十五個。もちろん、麗子が体を張ってゲットした契約だった。それを見るたびに晴夫は、体の内側が温かくなっていくのを感じる。接待ゴルフのあと、ラブホテルでセックスしてしまったことをどうしても思いだしてしまう。

　どうしてあんなことをしてしまったのか、自分でもわからない。

愛でもなく、恋でもなく、欲望の発露でもない、傷の舐めあい——おそらくそれは間違っていないが、異様に興奮してしまった。麗子もまた、そうだったようだ。晴夫が彼女の白い腹部に膣外射精を果たし、ベッドにあお向けで倒れこむと、ふたりでしばらく天井を見上げていた。お互いに息をはずませ、呼吸を整えること以外、なにもできなかった。

正直に言えば、冷静さを取り戻すのが怖かった。怖くて怖くてしかたがなかった。セックスをしてしまったのは、破廉恥なセクハラ接待ゴルフの記憶から逃れるためだった。快楽に溺れることで、頭を真っ白にしてしまいたかった。それはほぼ成功したと言っていいが、終わってしまえばいつまでも頭が真っ白の状態でいるわけにはいかない。

今度は、現実から逃れるためにしでかしてしまった事態と向きあうことを余儀なくされる。麗子は晴夫にとって上司で、晴夫は麗子にとって部下だった。体を重ねていい相手ではなかった。とどのつまり、傷の舐めあいのはずが、傷口をひろげてしまったわけである。

（まいったなあ……）

晴夫は途方に暮れていた。射精後の気怠《けだる》い余韻《よいん》が体の芯に鈍《にぶ》く残り、このまま眠りにつ
いてしまえればどれだけいいだろうと思った。しかし、体の気怠さと裏腹に頭は冴《さ》えていく一方だった。射精を遂《と》げてなお勃起を続けているのが恥ずかしかったが、隠すためにタ

オルを取ることすらできない。

恐るおそる隣の様子をうかがうと、

「こっちを見ないで」

麗子が言った。声のトーンで感情は推《お》し量《はか》れなかった。怒っているのだろうか。あるいは後悔しているのだろうか。取り返しのつかないことをしてしまったと打ちひしがれていたら、どうやってフォローすればいいだろうか。

不意に手を握られた。

麗子に顔を向けようとすると、

「見ないでって言ってるでしょ」

今度はあきらかに、尖った声で言われた。しかし、手を握る力は強くなっていく一方で、やがて指と指までからませてきた。静かだった。部屋を支配していたふたりの荒々しい呼吸音が消えると、他に音はなにもなかった。こんな静かなところでセックスをしていたのかと思った。手を繋いで天井を見上げていると、ふたりきりで宇宙にでも彷徨《さまよ》っているような気分になった。

「ありがとう」

麗子が言った。今度は尖った声ではなく、噛みしめるような言い方だった。

「慰《なぐさ》めてくれるつもりだったんでしょう?」

「い、いえ……」

「いいの、女にはわかるの、男がどういうつもりで抱いてきたかくらい……」

晴夫は言葉を返せなかった。

「でも、これはいけないことよ……」

麗子の声が、にわかに哀しそうになった。

「お互い独身だから、悪いことしてるってわけじゃないけど、わたしたち、エッチしていい関係じゃないでしょう? 少なくとも、同じプロジェクトで働いている間は……」

「わかってます」

「じゃあ、忘れられるね?」

「……はい」

「今日あったことは、わたし、全部忘れることにする。でも、あなたのやさしさだけは覚えてる。それでいい?」

「……はい」

晴夫はうなずいた。うなずくしかなかった。たしかに、麗子を慰めるために抱いたのだった。抱くことで、晴夫自身も慰められたかった。傷の舐めあいだった。それ以上でも以下でもなかった。

しかし、する前にはそのつもりでも、した後には少し欲が出た。正確には、している途中からそうだった。麗子は美しく、その抱き心地は熱狂を呼んだ。理由はともかく、セックスをしてしまったからには、その関係を続ける道もあるのではないかと、期待していなかったと言えば嘘になる。上司と部下とはいえ、会社の外では男と女、付き合う道もあるのではないかと……。

だが、自分からそれを口にすることはできない。すれば、すべての行動が嘘になってしまう。麗子を慰めようとしたのではなく、弱っているところを強引に寝技にもちこんで、手込めにしたように思われてしまう。

それは嫌だった。

女に関して手癖《てくせ》が悪く、セックスにもちこむためなら真っ赤な嘘をいくつも並べ、プライドも捨ててきた晴夫だったが、麗子にだけは軽蔑されたくなかった。

その翌日。

麗子は得意げな顔で、壁に貼った法人リストに四十五個の薔薇を刺した。智恵美も優奈も驚愕《きょうがく》していた。奇跡が起こったと眼を輝かせた。

「本当ですか？　本当に本当？」

「これなら三カ月で百台のセールスも、余裕ですね」

「余裕かどうかはわからないけど……」

麗子は表情を引き締めて言った。

「目標まであと半分とちょっとだから、先が見えてきたのは確かだと思います。頑張りましょう。会社を見返してやりましょう」

「はいっ！」

智恵美が元気よく手をあげ、優奈もうなずいた。晴夫はその様子を、眼を細めて眺めていた。彼女たちは知らない。麗子がどんなつらい思いをして、四十五台の契約を成就させたのか、わかっていない。

だが、それでいいのだ。

それを知ったところでどうなるわけでもないし、麗子本人が知られることを望んでいないのだから……。

しかし……。

スタートダッシュは成功したものの、そこから先は茨《いばら》の道だった。

二カ月間、契約がとれなかった。メンバー全員、昼の営業まわりに加え、夜の接待にも精を出した。接待のとき、麗子は智恵美か優奈のどちらかを連れていった。晴夫は声をかけられなかったので、単独で動いていた。冴《さ》えない男を連れていくより、若い女を連れていったほうが、商談相手にウケがいいのは間違いない。だいたい週に三回は、女性陣の夜の接待はあっただろうか。

次第に疲れが見えてきた。

前夜が接待だった翌朝は、みな顔色がすぐれなかったが、とくに智恵美は心身ともに疲れきっているようだった。

一度、給湯室で湯呑みを洗いながら、ひとり言を言っているのを聞いてしまった。

「もう、やだ……」

と溜息まじりに言っていた。

「ついていけないよ、あんな接待……」

とも。

晴夫は胸がざわめくのをどうすることもできなかった。

接待ゴルフでパンツを脱げと言われれば、ノーパン・ミニスカでクラブを振ってしまう麗子である。破格の契約条件に釣《つ》られたとはいえ、下着姿で男根まで洗ってしまったのである。

さらにきわどいやり方で、売上を伸ばそうとしている可能性は大いにあった。むしろ、最初のセクハラ接待ゴルフがうまくいきすぎるほどうまくいってしまったがゆえに、みずから率先《そっせん》して色仕掛けをしていることさえ考えられる。あるいはそれを、智恵美や優奈に強要していることさえ……。

考えたくなかった。

そんなやり方に未来があるとは思えない。

むろん、ただでさえ人気のない超高額のマッサージチェアを売らなければならないのだから、多少の無理は必要だろう。二カ月間、営業まわりをしていてつくづく思いしらされた。この不況のご時世に、マッサージチェアに千五百万もの設備投資ができる経営者は特殊だ。松永や横井や庄野が、特別スケベな金満家だったというだけなのだ。

ああいう人種をあてにするのは危険だった。スタートダッシュでは奇跡が起きたが、二度と起こらないから奇跡なのである。

だが……。

それではどうすればいいいか、晴夫に答えは見つかっていなかった。

正攻法で行っても、この先一台だって売れそうにないことは身にしみてわかってきているのだが……。

2

そんなある日。

朝のミーティングで、麗子が神妙な顔で切りだした。

「今週の金曜日、パオパオホテルの社長と接待の約束をとりつけました」

智恵美と優奈の顔に緊張が走った。

「接待するのは、これで三度目です。一度目は沢口さんに、二度目は仲村さんに同行してもらいました。でももう三度目です。今度こそ、先方から色よい返事をいただきたい。いただかなければならない……もう一歩なんです。だから今回は、ここにいる全員で接待したいと思います」

「ぼ、僕もですか?」

晴夫が言うと、

「はい」

麗子はきっぱりとうなずいた。

「背水の陣なんです。女性だけじゃ至らないところもあるかもしれませんので、全力でフォローしてください」

「そう言われても……」

晴夫は困惑するしかなかった。セクハラ接待ゴルフ以来、麗子と接待の席を供にしてないので、なにをどうフォローすればいいかわからない。

「あのう……」

智恵美が青ざめた顔で小さく手をあげる。

「なあに？」

麗子が視線を向けると、智恵美は気まずげにうつむいた。

「わたし、参加したくありません。パオパオホテルの社長とは、二度と会いたくないんです」

「わたしも……」

優奈が気怠《けだる》げな表情で言った。

「参加しなくていいなら、参加したくないなあ。あの社長、マジで最低だから……」

「そういうこと言わないで……」

麗子が哀しげに眼を細める。

「でも……」

智恵美が言葉を継ごうとしたが、

「わかってる。わかってるのよ……」

麗子は制して言った。

「前にパオパオの社長さんを接待したとき、ちょっと嫌な思いをしたのよね。セクハラっぽいことばかり言われて……わかってるの。わかってるけど、この商談をうまくまとめないと、前の接待で嫌な思いをしたことも、意味がなくなっちゃうのよ。そのほうがつらいでしょ?」

「セクハラされるってわかってて行くなんて、馬鹿げていると思います」

智恵美の反応は冷たかった。

「課長だって、思いっきりセクハラされてたじゃないですか。わたしは口で言われただけでしたけど、お尻を触られたり、胸を揉まれたり、もう少しでチュウまでされそうになって……」

「言わないでっ!」

麗子が手をあげて制する。

「それ以上は言わないで。わたしだって……わたしだって、セクハラを受けて傷つかないわけじゃないのよ。家に帰って泣いたわよ。でも……でもね、ここで逃げたら会社の思う壺なの。ダメ社員の烙印《らくいん》を押されて、子会社に飛ばされてしまうの。会社を見返せなくなっちゃうの……」

必死の形相《ぎょうそう》で説得している麗子を見て、晴夫はピンときた。いまこそフォローのときなのだと天啓《てんけい》を受けた。

「智恵美さん、優奈さん……」

ふたりの前に進みでて、その場に土下座した。リノリウムの床に額をこすりつけながら言葉を継いだ。

「つらいのは重々承知してます。でも、この通り……この通りですから、接待に参加してください。課長がここまで言うからには、きっと勝算があるんだと思います。勝つにはおふたりの力が必要なんです。ねえ、智恵美さん、優奈さん、セクハラされて腹がたったら、僕を殴ってもいい。蹴飛ばしたってかまわない。だから、お願いです。接待に参加してください」

顔をあげると、智恵美は唇を尖らせてぶんむくれ、優奈は鼻白んだ顔をしていた。晴夫の芝居じみた態度に白けているようだったが、

「まあ、しょうがないか……」

しかたなさげに溜息をついた。

「パオパオホテルって、全国五十箇所以上にチェーン展開してるんですもんね。うまくいけば、大口契約もとれるかもしれないし……」

「そうっ！　そうなのよっ！」

我が意を得たり、とばかりに麗子が声を跳ねあげる。

「ひとつのホテルに一台でも、五十台以上、半分としても二十五台。ここが勝負のしどころなの。天王山《てんのうざん》なの。天下分け目の関ヶ原《せきがはら》なの……」

「ううう っ……」

智恵美が恨めしげな顔で、麗子と晴夫を交互に見る。

「わかりましたよ……頑張りますよ……」

「ありがとうっ！」

麗子は涙眼で智恵美の手を取った。

「わかってくれて、本当にありがとう……」

「ありがとうございます、ありがとうございます……」

晴夫も涙眼になりながら、何度も何度も智恵美に頭をさげた。しかし、心の中は嵐が吹き荒れていた。麗子がやはり、相変わらずセクハラＯＫの接待をしていることがわかってしまったからだった。

四十五台の大口契約をとるために、麗子はゴルフコースでノーパンになって陰毛を風にそよがせ、三本の男根をその美しい手で洗った。スタートした時点ですでにそこまで過激なことをやっていたというのに、尻に火がついているいま、どこまで相手のセクハラを受けるようになっているのか……。

考えれば考えるほど、不安になる。同席するのが怖くなってくる。

会社を見返したいという麗子の思いはもはや執念《しゅうねん》の領域にまで達しているようで、そうであるなら、ノーパンや男根洗い、ボディタッチだけに留まらず、一線を越えた枕営業までしてしまうのではないだろうか。

やめてほしかった。

下卑た笑いを浮かべた社長に肩を抱かれ、どこかに連れ去られていく麗子の姿……それだけは見たくなかった。

3

金曜日。

パオパオホテルの社長——成増雄三《なりますゆうぞう》のために麗子が用意したのは、浅草《あさくさ》にある料亭だった。もっとも、そこは成増の馴染《なじ》みの店であり、彼のほうからその店での接待を指定してきたらしい。

観光客で賑《にぎ》わう雷門《かみなりもん》からはやや遠い、浅草寺裏にあるひっそりした場所にその料亭はあった。約束の時刻より十五分早く到着したにもかかわらず、成増はすでに芸者をはべらせて飲んでいた。晴夫は初めて会ったが、七十歳近い狒々《ひひ》のような顔をした男だった。酒に酔ったただらしない態度で芸者にちょっかいを出している姿は醜悪《しゅうあく》としか言いようがなく、麗子も智恵美も優奈も、部屋に入るなり眼をそむけた。

「これはこれは、綺麗どころがお揃いで……」

部屋に入ったプロジェクトチーム一行をゆるりと眺め、成増は笑った。猥褻《ひわい》さを隠さない脂《あぶら》っこい笑顔だった。部屋は思ったより狭く、二十畳ほどもある和室なのに、あまり広く感じないのは、成増の存在感ゆえかもしれない。

「よけいなのもひとりいますが……」

晴夫は自虐《じぎゃく》的に言ってみたが、成増はきっぱりと無視した。一瞥をくれることもない、実に嫌な感じの無視の仕方だった。

上座に座っている成増に相対し、テーブルを挟んで四人が並んで席に着いた。麗子はもちろん、智恵美も優奈も今日はスーツ姿だった。麗子が濃紺で、智恵美と優奈はグレイ。

美女三人がフォーマルな装いで一列に並んでいる姿は、いつも一緒に働いている晴夫の眼から見ても壮観だった。

「じゃあ、キミは少し休んでいなさい。大事な話があるからね」

成増が隣にいた芸者に席をはずさせる。入れかわるように仲居がふたりやってきて、全員の盃《さかずき》に酒を注いでくれた。成増の音頭で乾杯となった。仲居が出ていくと、部屋は妙な静けさに支配された。成増ひとりニヤニヤしているものの、麗子も智恵美も優奈も、もちろん晴夫も、ひどくこわばった顔を下に向けていた。刻一刻と、緊張感にがんじがらめにされていくような感じだった。

「あのう、社長……」

麗子が切羽《せっぱ》つまった表情で切りだすと、

「わかっとるよ」

成増がみなまで言うなという表情で制した。

「ほれ」

手元にあった茶封筒を掲げる。

「この中に、ウルトラリラックスの決裁書が入ってる。社長決裁だから、本社の総務がすぐにでも動く。だがね……」

成増は大御所俳優のようにたっぷりと間を取り、息を呑んでいる麗子と智恵美と優奈の顔を順繰りに眺めていった。晴夫はやはり無視された。

「購入台数を書きこむのは、これからだ。まあ、今夜中には決めようと思っているがね。一台か、十台か、二十台か……」

「失礼します」

麗子は席を立ち、そそくさと成増の隣にまわりこんでいった。お銚子を両手で取り、身を寄せるようにして酌をした。

「どうか……どうかひとつ、複数台でお願いいたします。わたくしども、商品の出来には絶対の自信をもっております。メンテナンスも開発部直々に迅速《じんそく》対応いたします。ですから……」

また始まった、と晴夫は胸底で溜息をついた。美しき女課長の、見たくもない卑屈な姿だった。

「まあねえ。僕としても、そうしてやりたいのは山々だが……」

成増はとぼけた顔で麗子を眺めた。

「時に課長、暑くないかな?」

「えっ……」

「いやね、キミに会うたびに思ってたんだが、そんな体にぴったりフィットしたタイトスーツを着ていたら、暑いんじゃないかってね……」

卑猥な視線を向けられ、麗子がうつむく。その頬は、みるみるうちに赤く染まっていく。

「今日は無礼講だよ。服を脱いでもかまわないよ」

やさしげにささやきながらも、成増の言葉には強制力があった。赤く染まった麗子の顔が、今度は悲壮に歪んでいく。

「……し、失礼します」

震える指で、ジャケットのボタンをはずしはじめた。やめてくれ、と晴夫は胸底で叫んだ。智恵美や優奈も同じ気持ちだったに違いない。いや、彼女たちの場合はもっとシリアスだ。上司の麗子が服を脱げば、自分たちだって脱がなければならなくなるかもしれないからだ。

麗子はジャケットを脱ぐと、立ちあがってスカートのホックをはずした。静まり返った室内に、ちりちりとファスナーをさげる音が響く。スカートを脱いだ。続いて白いブラウスをはずし、それも脱いでしまう。

薄紫色のブラジャーとショーツが露わになった。麗子はそそくさとストッキングも脱ぎ、上下の下着だけになって、再び成増に寄り添った。

すごい度胸だった。

ここは料亭で、テーブルにはまだ、先付けが出されているだけである。これから仲居が料理を運んでくるのだ。案の定、すぐに仲居がやってきた。しかし、心得たもので、上座の男に下着姿の女が寄り添っているのを、見ようともしない。麗子もうつむき、顔はもちろん、耳から首筋まで真っ赤に染めあげていく。

（か、課長っ……）

晴夫は思わず眼をそむけた。いくら卑屈であろうとも、課長が体を張って接待しているのだ。見守ることが部下の自分の務《つと》めだとわかっていても、正視に耐えられない。

もはや、ここまでいくと度胸というより恥知らずと言ったほうが正確かもしれなかった。下着姿で酌をするなど、接待の範疇《はんちゅう》を完全に超えている。温泉街などには、全裸で酌をし、乱交さえも引き受ける、特別なピンクコンパニオンがいるらしいが、麗子は曲がりなりにも、上場企業の管理職なのである。

「色っぽいねえ……」

成増の熱い視線が、麗子の白い素肌を舐めるように這いまわる。暑くて服を脱いだという名目とは裏腹に、服を脱いだ恥ずかしさのせいで麗子の素肌は汗ばみはじめている。

「スーツを着ていると隙のない真面目なキャリアウーマンなのに、脱いだら水がしたたるようだ。電機メーカーの課長なんぞにしておくのは惜《お》しいよ。これだけの色気があれば、どんな男でもイチコロでたらしこめるんじゃないかな。さあ、飲んで、飲んで……」

「あ、ありがとうございます……」

麗子は身をすくめ、恭《うやうや》しく盃を持って、成増から酌を受けた。飲まずにいられないのだろう、上を向いて一気に飲み干《ほ》した。

「カカカッ、いい飲みっぷりだ。惚《ほ》れぼれするねえ……」

成増がさらに酒を注ぎ、麗子が飲み干す。すくめていた裸身が、ゆらゆらと揺れはじめる。

「おいおい……」

不意に成増が、智恵美と優奈を見た。

「キミらは普段どういう教育を受けているのかね？　上司様が下着姿になっているのに、自分たちだけ服を着ているとは、いったいどういう了見なんだ？」

頭ごなしな言葉に、智恵美と優奈の表情が硬くなった。

まずい、と晴夫は身構えた。銀座でホステスをやっていた優奈はともかく、智恵美はセクハラ接待を異常に嫌っている。服を脱ぐことを強要されれば、キレてしまうことも考えられる。

そうなったら、接待は台無しだった。智恵美がキレそうになったら、飛びかかって廊下に連れだそうと晴夫は覚悟を決めた。そして説得するのだ。無理なら帰ってもらったほうがいい。成増の機嫌《きげん》は損ねるだろうが、こんな異常な接待、無理に付き合わせるほうがどうかしている。

「さあさあ、ふたりとも早く服を脱ぎたまえよ。僕はねえ、どうしようもなくスケベな男だが、約束だけは守るよ。全員が服を脱いで僕の眼を悦ばせてくれたら、ウルトラリラックスを十台、うちのホテルで引き受けよう」

「わかりました……」

晴夫が立ちあがってジャケットを脱ごうとすると、

「ふざけてるのか！」

成増に一喝《いっかつ》された。

「男が脱いだりしたら、僕の眼が穢《けが》れるだけだろう。キミは黙って酒でも飲んでなさい」

「す、すいません……」

晴夫は泣き笑いのような顔で座り直した。「全員」と言っていたから脱ごうとしたのに、自分は数に入っていないらしい。

「沢口さん……仲村さん……」

麗子が涙眼でふたりを見つめる。言葉は続かなかったが、すがるようなその顔には、どうか一緒に恥をかいてほしいと書いてある。

「……ふうっ」

優奈は大きく息を吐きだすと、開き直った表情で立ちあがった。年こそ二十歳と若いものの、優奈は腹が据わっている。グレイのスーツを手際よく脱いで、黒いレースの下着姿になった。

（うわあっ……）

晴夫は眼を見開き、息を呑んだ。噂には聞いていたが、服を脱いだ瞬間、優奈は驚くべきセクシードールに変身した。普段の印象が地味なぶん、そのギャップが生じさせる衝撃度は、麗子に勝るとも劣《おと》らない。黒いレースのランジェリーもアダルトでエロティックなら、顔つきまで変わった。瞼を半分落とし、唇を半開きにした表情がいやらしすぎる。

成増も、その変貌ぶりにあんぐりと口を開いていた。それを尻目に、優奈はそそくさと成増の隣に移動し、酌をした。盃を傾けながらも、成増はまだ、呆然とした表情で優奈に見とれていた。

これで、こちら側に座っているのは、晴夫と智恵美だけになった。上座からの視線が集まっているのは、もちろん智恵美だ。商談をまとめたくないのか、という成増の視線、お願いだから一緒に服を脱いでちょうだい、という麗子の視線、そして、自分だけ逃げるつもりじゃないでしょうね、という優奈の視線……。

とくに優奈の視線が、智恵美にはこたえたのではないだろうか。

いままで一緒に麗子に抵抗していた彼女まで服を脱いだことが、かなりのショックだったようだ。

いや、それだけではない、と少しして晴夫は気づいた。

薄紫の下着を着けた麗子も、黒いレースの下着を着けた優奈も、すさまじい色香を放っていた。智恵美も顔立ちだけなら可愛いが、このふたりと並ぶことに気後《きおく》れを感じてもしかたがない。どうしたって自分が見劣りしてしまいそうだと、不安になったのかもしれない。

「どうしたんだい？　脱がないなら、帰ってもらってもかまわないよ」

せせら笑うように、成増が言った。両手に花で、彼はすでにほくほく顔だった。しかし、智恵美は帰らなかった。ここで帰れば、二度と会社に出てこられないからだ。セクハラの屈辱と、仲間を裏切る罪悪感を秤《はかり》にかけ、前者を選んだようだった。立ちあがって服を脱ぎはじめた。可哀相だが、自分でもそうするしかなかっただろうと晴夫は思った。

智恵美は顔を真っ赤にしながらスカートを落とし、ブラウスを脱いだ。一瞬、静まり返った。ククク、と成増が喉の奥で笑った。

「ずいぶん可愛い下着なんだな」

その言葉に、智恵美の顔はますます赤く染まっていく。智恵美の下着は、なんの変哲もない白の上下だった。中学生がママに買ってもらったような、チープで子供っぽく色気の欠片もないブラジャーとショーツである。麗子と優奈の下着が、いかにも高級そうな生地《きじ》と、女体のセクシーさを強調するようなデザインをしたセクシーランジェリーなだけに、その落差は激しかった。

「笑いたいなら、笑ってください……」

智恵美は唇を尖らせ、小声で言った。

「わたしは、課長や優奈ちゃんみたいにエッチな下着なんて、もってないんです……」

「まあまあ、そう拗《す》ねるな……」

成増が智恵美を手招きした。麗子に場所を空《あ》けさせ、自分の隣に呼び寄せる。悔しげに唇を噛みしめている智恵美を見て、さも楽しそうに鼻の下を伸ばす。

「シンプルな白い下着も、僕は嫌いじゃないよ。実のところ、水着のように派手な下着よりそういうやつが好きな男も多いと思うね。ククク、可愛いよ。今夜は楽しい夜になりそうだ」

真っ赤になっている智恵美を眺めまわしながら、成増は高笑いをあげ、酒を呷《あお》った。

4

異様な宴会は進んだ。

下着姿の女を三人はべらせた成増は、浴びるように酒を飲み、次々に運ばれてくる料理を平らげた。年を考えると、大変な健啖家《けんたんか》だった。一方の女性陣は、ふざけた成増が箸《はし》で料理をつまみ、口に運んだりするとき以外は、ほとんど食べていなかった。

ひとり五万円はくだらない懐石料理だったが、食欲などわかないのだろう。晴夫も一緒だった。箸を持つことすらはばかられ、酒ばかり飲んでいた。

とはいえ、成増がいたときはまだよかった。

「キミ、初体験はいつだね？　処女をなくしたのは？　男の大きなものを初めて咥えこまされたのは、何歳のときだったのかね？」

そんな露骨な質問で女性陣はいじめ抜かれているばかりだったが、まだ耐えようがあった。内心で成増を軽蔑しながら、契約のために耐え難《がた》きを耐えるのだと、自分に言い聞かせていればよかったからだ。

　しかし、

「ちょっと失礼」

　と成増が手洗いに立ち、プロジェクトメンバーたちだけが残されると、つらすぎる自己嫌悪が襲いかかってきた。いくら契約のためとはいえ、ここまでしてしまっている自分に、女たちは絶望的な表情を浮かべ、唇を嚙みしめる。そう、ちょうどセクハラ接待ゴルフのあとの、麗子のように。

　そして晴夫は、なにもできない自分に歯軋《はぎし》りし、目頭を熱くする。彼女たちに恥をかかせて、自分も子会社へ飛ばされることから助かったら、まるで女衒《ぜげん》のようなものではないかと、自分を責めずにはいられない。

　みじめだった。

　優奈だけは比較的平静を保っていたが、麗子と智恵美と晴夫は、おのれのみじめさにやりきれず、成増が帰ってくるまで、ずっと顔を歪めて身をよじっていた。なにかきっかけがあれば、三人とも声をあげて泣きだしてしまいそうだった。

「さて、そろそろ夜も更《ふ》けてきたなあ」

　デザートのフルーツを頰張りながら、成増が言った。宴会が始まってから、すでに三時間が経過していた。ようやく終わりだと、全員が内心で安堵の溜息をついた。

しかし、それも束の間、成増が立ちあがり、奥の襖《ふすま》を開けた。驚いたことに、そこにはひと組の布団が敷かれていた。ダブルサイズで、枕もふたつある。枕元には、古式ゆかしい水差しとちり紙。まるで、和風ラブホテルの部屋のような光景がそこにあったのである。

「僕はここで休んでいくから、みなさんは帰ってくれたまえ。ただし、子守歌を歌う係にひとり残ってほしい……いいかな？　智恵美ちゃん」

「えええっ……」

智恵美が泣きそうな顔になる。ようやく終わりだと思っていただけに、ショックの大きさはかなりだったようで、その場で卒倒してしまいそうだった。

なにしろ……。

ここに残れば、子守歌だけではすまないことは間違いないのだ。抱かせてくれ、と言っているのだ。あまりにもえげつない要求に、麗子も優奈も晴夫も、唖然とするしかなかった。

「社長っ！」

麗子が成増の足元で土下座する。

「どうかその役割は……子守歌を歌うのは、わたしにさせていただけないでしょうか？　沢口よりもわたしのほうが適任かと……」

晴夫は胸を打たれた。この七十近い狒々オヤジに抱かれるとわかっていて、麗子は自分が身代わりになるというのだ。生半可な覚悟ではできないことだった。ここまで偉い上司はお目にかかったことがないと思った。出世コースに乗っている上司ほど、ミスは部下のせいにして、成果は横取りしようとする。いまどき、部下を守るために自分が犠牲になろうという上司のほうが珍しい。しかも、犠牲になれば、女にとっていちばん大事なものを穢されるのである。

「ダメだ……」

成増は非情に言い放った。

「課長の子守歌はさぞかし艶っぽいだろうが、今夜は智恵美ちゃんがいい。彼女の白いパンツとブラジャーにやられちまった……」

「ですが……」

麗子はなおも食いさがろうとしたが、

「まあ待ちたまえ」

成増は余裕綽々《しゃくしゃく》な態度で元の席に戻り、茶封筒から決裁書を出した。空欄《くうらん》になっていた台数のところに、ぶっとい万年筆で「参拾《さんじゆう》」と書きこんだ。先ほど、女性社員が全員服を脱げばウルトラリラックスを十台購入すると宣言していたが、一気に三倍の台数に跳ねあがった。

「智恵美ちゃんが子守歌を歌ってくれれば、僕は今夜ぐっすり眠って、明日の朝いちばんに、いい気分でこれを総務に渡すことができる。誰も損はしない。ウィン・ウィンというやつだ」

麗子が息を呑み、視線を泳がせる。葛藤《かっとう》が生々しく伝わってくる。成増に三十台購入してもらえば、オフィスの壁に大量の薔薇が咲き誇る。目標の百台まで残り二十五台と、ラストも見えてくる。

だが……。

さすがに部下に枕営業を強要することはできない。それをやったら最低の上司だ。ミスは部下のせいにして、成果は横取りしようとするどころの話ではなく、人間失格になってしまう。

重苦しい沈黙が部屋を支配した。

成増は余裕綽々で、自分の勝利を疑っていない。

「沢口さん……」

麗子が険しい表情で智恵美を見た。

「ここに残って、社長に子守歌を歌ってあげてもらえないかしら？」

嘘だろ、と晴夫はのけぞった。智恵美も青ざめ、唇を震わせている。

「子守歌だけよ、ね、子守歌だけだから……社長は紳士だから、変なことなんてするわけないもの」

するに決まってるじゃないか、と晴夫は胸底で叫んだ。

（そこまでか？　そこまでするのか、課長っ！　目標達成のためなら、智恵美が狒々オヤジの慰み者になってもいいいって……）

だが、晴夫の心の叫びは届かない。部下のために自分が犠牲になるという、美しい偶像が粉々に砕け散っていく。

「ね、お願いっ！　この通りだから……」

麗子は智恵美の手を両手でつかみ、すがるような顔で哀願している。

「あなたにかかってるのっ……プロジェクト全体の命運が、いまあなたにっ……」

髪を振り乱し、双頬を涙で濡らしはじめると、

「……わかりましたよ」

智恵美は諦観《ていかん》に支配された、虚ろな眼つきで答えた。

「わかりましたから、泣かないでください。残ればいいんでしょう、残れば……」

「ああっ、ありがとうっ……ありがとう、沢口さんっ……」

麗子はさらに涙を流した。

「この恩は一生忘れないからっ……ね、わたしは絶対、忘れないからっ……」

その姿を、晴夫は真っ赤に茹《ゆ》だった顔で見つめている。絵に描いたような、ダメな上司の図だった。この恩は一生忘れない——その言葉に嘘はないのだろうが、現実的な効力はなにもない。麗子にそのつもりはなくても、部下に汚れ仕事を押しつける者として、あまりにも無責任な態度に見える。

パンパン、と成増が手を叩いた。

「よーし、そうと決まれば、おひらきにしよう。課長、あんたは今日、とてもいい仕事をしたよ。決裁書は間違いなく、明日総務に渡しておくから……」

「ありがとうございます、ありがとうございます……」

麗子は米つきバッタのように、何度も何度も頭をさげた。智恵美や優奈や晴夫が、そんな彼女に白い眼を向けていることも気づかないまま、どこまでも卑屈に頭をさげつづけた。

タクシーを呼んでくれると料亭の仲居は言ったが、麗子はそれを固辞して外に出た。少し外の風にあたりたいから、と言っていた。それはその通りだったので、晴夫と優奈も続いた。浅草の歓楽街の方ではなく、隅田《すみだ》公園に向かった。花も葉もない桜並木の下を、川風にあたりながら歩いた。

「わたし、最低よね……」

麗子がポツリとこぼす。まったくその通りだったので、晴夫も優奈もなにも言わないで歩いている。

いま、智恵美が向きあっている現実を考えれば、全身が粟立《あわだ》つほどのおぞましさを覚えた。料亭を出てから十五分が過ぎているが、あの子供じみた下着は、もう脱がされているのだろうか。成増はあの野暮《やぼ》ったい下着をことのほか気に入っていたようだから、まずは脱がさず下着越しにいやらしい愛撫を施《ほどこ》しているのか。ブラジャーの上から乳房を揉みしだいたり、ショーツ越しに柔らかい肉をいじりまわしたり……。

「あのう……」

晴夫は立ちどまって言った。

「やっぱり、沢口さんを助けに戻りましょう。ひどすぎますよ。彼女ひとりに、いろんなことを押しつけて……」

麗子と優奈も立ちどまる。麗子の表情が悲痛に歪み、何度も息を呑む。晴夫は彼女が、悲鳴をあげて泣きだしてしまう気がした。

「いいんじゃないかな」

優奈が乾いた声で言った。

「沢口さんだって、子供じゃないんだし、どういう形であれ、納得して残ったんだから……」

「いや、でも……」

晴夫は首を振った。智恵美が納得したようには見えなかった。麗子が強引に納得させたのだ。

「あのね……」

優奈が続けた。

「はっきり言って、枕営業なんて銀座のクラブなら日常茶飯事だしね。ママに言われて嫌々する子もいるけど、自分から率先してする子もいるくらい」

「沢口さんは銀座のホステスじゃないでしょ」

「そうよ。銀座にだって、ひと晩体を自由にして三千万の売上なんて、そんな夢みたいな話はないもの。沢口さんだって、そこのところはわかってるんじゃないかな。一時嫌な思いをしたとしても、プライドまでは奪われないと思う」

年に似合わぬ達観の裏に、優奈の人生経験が透けて見えた。黒いレースの下着姿を見てしまったせいもあるかもしれない。あの驚くべき色香を、彼女は夜の銀座で売っていた時期があるのだろうか？　枕営業をしたことくらいあるのだろうか？　売上のために体を張ったことが……。

それでも晴夫は納得いかなかった。智恵美にだけ汚れ仕事を押しつけてしまった罪悪感で、胸が張り裂けそうだった。自分で言っておきながら、これから彼女を助けに戻るというのは、いささかリアリティに欠ける。こうなってしまった以上、彼女にすべてを託《たく》すしかない。見殺しだ。仲間を見殺しにする罪悪感に耐えきれず、できもしないことを口走ってしまったのだ。

「あのう……」

立ちすくんだまま動けない晴夫に、優奈は言った。

「わたし、お先に失礼しますね」

言い残し、ひとり歩きだした。その背中が小さくなっていくのを、晴夫は呆然と見送るしかなかった。

隣には麗子がいた。彼女もまた、罪悪感に打ちひしがれ、動けないようだった。その心中を察すれば、晴夫など足元にも及ばないだろう。麗子の場合は見殺しではなく、みずから率先して智恵美を崖《がけ》から突き飛ばしたのだ。特攻隊に出撃を命じた司令官のようなものなのだ。

だが、彼女を責める気分は、もう薄れていた。

優奈が言う通り、智恵美はある意味、納得のうえで残ったのだ。その胸のうちはわかりようがないけれど、断固断って商談を潰すより、自分が犠牲になってみんなを救う道を選んだ。その決断は美しいものだと言っていい。

そして、いま智恵美が世にもおぞましい思いをしているぶん、明日以降、もがき苦しむのは麗子のほうに違いない。いっそ自分が犠牲になったほうがよかったと思いながら、智恵美の冷たい視線に耐えつづけなければならないのだ。智恵美も智恵美で悲惨だが、麗子もまた悲惨である。

哀しかった。

こんな仕事のやり方に、意味があるのだろうかと思った。

たとえ目標が達成でき、みなの首が繋がって、希望部署への異動が叶《かな》ったとしても、素直に喜ぶことなどできない。ドス黒いものが胸の奥深くに残り、それがいつまでも消えることがないのではないか……。

虚しかった。

頑張れば頑張るほど、みなが傷ついていくだけなんて、これほど虚しい仕事もない……。

「行きましょうか……」

麗子が消え入るような声で言い、歩きだした。晴夫も続く。スカイツリー特需《とくじゅ》にわく下町も、夜の公園は墨《すみ》を流しこんだように暗く、静かだった。そんな中を、のろのろと行進している自分たちは、死んでいるのにそれに気づいていないゾンビのようなものだと思った。

「ねえ……」

麗子が不意に立ちどまった。

「入らない？」

彼女の視線の先にあったのは、ラブホテルの看板だった。歓楽街でもないのに、男と女が淫らな汗をかくための場所が、ひっそりと営業していた。

「お願い、森山くん……この前みたいに、わたしのこと……めちゃくちゃに……めちゃくちゃにしてちょうだい……」

腕をつかみ、見つめてくる麗子の美貌は、眼尻や小鼻や頬や唇や、至るところが小刻みに痙攣していて、いまにも崩壊してしまいそうだった。

5

門をくぐり、部屋を選び、エレベーターの狭いゴンドラの中で一刻も早く目的の階に着いてくれることを祈るという、重苦しい時間を経てようやく部屋でふたりきりになると、麗子は晴夫にしがみついてきた。背伸びをして自分から唇を重ね、いきなり舌を吸ってきた。

晴夫は眼を白黒させながらも、深い口づけに応えた。音をたてて舌をからめあい、唾液を啜りあった。

難しいことは、もうなにも考えたくなかった。いま智恵美がどんな屈辱を受けているかとか、どうしてそんなことになってしまったかなどと、考えてもしかたがないことを考えることに疲れ果てていた。

セックスは、頭の中を真っ白にしたいとき、もっとも有効な手段のひとつだった。欲望のままに体を動かしていれば、とりあえずよけいなことはなにも考えなくてすむ。まして や麗子は、押しも押されぬ美女だった。スタイルも抜群なら、水もしたたるような色香があった。

夢中になるのだ、とことさら自分を鼓舞しなくても、夢中になることができる相手だった。舌を吸いあいながら体をまさぐりあっているうちに、いつの間にかお互いに下着姿になっていた。麗子は薄紫色の高級ランジェリー、晴夫は黒いボクサーブリーフといういでたちで、立ったまま愛撫を続けていた。

ベッドはすぐ側にあった。歩いて四歩か五歩の距離だった。しかし、なかなかそこに行く気になれない。どういう心理状態なのか自分でも説明がつかないが、普通に抱きあうことに、言いようのない抵抗感があった。

普通ではない、淫らなセックスがしたかったのだ。

強い刺激がほしかった。酒にたとえるなら、ビールでもシャンパンでも日本酒でもウイスキーでもなく、アルコール度数九十六度のスピリタスウオッカのような、気絶するために飲むような酒が飲みたかった。

麗子が相手なら、ただ普通に抱くだけで夢心地のひとときを過ごせるとわかっていた。それでもなお、もっと過激なことがしてみたくていても立ってもいられなくなってくる。

「あっちへ行きましょう……」

と言うつもりが、

「こっちへ来るんだ……」

と居丈高《いたけだか》な命令口調で麗子の手を引っぱった。向かった先は、洗面所だった。大きな三面鏡の前で、麗子から上下の下着を奪った。その体を鏡に向け、晴夫は後ろから彼女を抱きしめた。自然と両手が、たわわに実った双乳をすくいあげていた。高い位置についている濃いピンクの乳首が、ぞくぞくするほどいやらしかった。

「興奮してたんでしょう？」

鏡越しに麗子を睨んだ。

「成増社長に素肌をさらして、エッチなこと考えてたんでしょう？」

「そんなわけないでしょ」

麗子が眼を吊りあげて反論したが、すぐに眼尻がさがった。晴夫の両手が、左右の乳首をつまんだからだ。

「本当ですか？　松永さんたちのチンポを洗ったときも、課長は興奮してたって言ってましたよ」

「そ、それは……」

麗子が口ごもる。あのときは恥辱のあまり心のバランスを崩し、つい偽悪的な言葉が口をついてしまったのだと、晴夫だってよくわかっている。

「いやらしい女ですね……」

コリコリと乳首を押しつぶすと、麗子は「ああっ」と悲鳴をあげ、白い喉を突きだしてのけぞった。

「ほーら、ちょっと乳首をいじっただけで、そんな反応だ。興奮してたんでしょ？　成増のスケベな視線で、いやらしい気持ちになってたんでしょ？　自分が残るって言ったのだって、部下を守るっていうより、欲求不満を解消させたかったからなんでしょう？」

「ち、違うっ……違いますっ……」

麗子はいやいやと身をよじったが、呼吸は淫らなまでに昂《たか》ぶっていくばかりだった。乳首の刺激に悶えていた。悶えている姿が鏡に映っていることが、彼女の羞恥心をさらに燃やす。

晴夫の中で、サディスティックな欲望が疼《うず》いた。自分にはとりたてて、そういう類《たぐ》いの性癖《せいへき》があるとは思っていなかった。

麗子に誘われてしまったのだ。彼女が性的なマゾヒストかどうかは定かではないが、いま現在、罰を与えられたいと思っていることは間違いなかった。ラブホテル前で「めちゃくちゃにして」と言ったのは、そういう意味だ。

「前をよく見てくださいよ、課長……」

晴夫は左右の乳首をいじりまわしながら、麗子の耳元でささやいた。

「いやらしい女が映ってるでしょう？　部下に乳首をつままれて、興奮しているドスケベな女が……」

「言わないでっ……」

麗子は顔をそむけたが、晴夫の愛撫からは逃れられない。双乳を鷲づかみにして揉みくちゃにした。ひしゃげるほどに指を食いこませてから、今度は爪の先でくすぐるように乳首を刺激する。

麗子の呼吸が激しくはずむ。身をよじるのをやめられなくなり、腰までくねりだす。

「誘ってるんですか、課長？　そんなに腰を振って……」

「さ、誘ってなんか……」

反論しようにも、鏡に映った彼女の姿はあまりにも淫らだった。物欲しげに尖りきった左右の乳首をくすぐられながら、陰毛が露わな下半身をくねらせているのだから……。

「下も触ってあげましょうか？」

晴夫は麗子の耳元でささやいた。

「両脚の間も、乳首みたいにいじりまわしてあげましょうか？」

「ううっ……」

麗子は顔をそむけた、しかし、触ってほしいのは間違いなかった。肉づきのいい太腿を必死になってこすりあわせているが、その奥から漂ってくる発情の匂いが晴夫の鼻腔《びこう》に届いていた。まだ触られてもいない場所から獣じみた芳香を振りまくほど、麗子は発情しきっているのだ。

「触ってほしいなら、自分でここを愛撫してください」

晴夫は麗子の両手を、彼女の胸に導いた。男の太い指の代わりに、女の細い指で左[illegible]乳首をつまませた。

「いっ、いやっ……」

鏡に映ったみじめな姿に、美貌が歪みきる。だが、そこから手を離すことはできない。刺激がそうはさせてくれないうえ、晴夫が険しい顔で睨んでいるからだ。手を離せば愛撫を先に進めてやらないぞ、と眼顔で伝えている。

「ちゃんといじってくださいよ」

耳元でささやくと、麗子は震える指で乳首を押しつぶしたり、転がしたりしはじめた。刺激が強すぎ、声をあげそうになるが、さすがにこらえる。男の前でみずから乳首をいじってあえぎ声をあげてしまえば、ただの淫乱だ。肉欲を満たすことだけが生き甲斐の、淫《いん》蕩《とう》きわまりないニンフォマニアだ。

唇を噛みしめて声をこらえる麗子の姿を鏡越しに眺めながら、晴夫は右手を彼女の下半身に伸ばしていった。猫の毛のように柔らかい陰毛を指で撫でれば、それが生えているこんもりした丘がやけに小高いことに気づく。俗にモリマンは名器の証などと言うけれど、それが本当なら麗子は名器に違いなかった。この前は、わけがわからないまま射精まで突っ走ってしまったけれど、本来なら、この体は味わい甲斐がある体のはずだ。

ならば、ただの手マンでは面白くなかった。晴夫は空いた左手で、麗子の左脚を持ちあげた。限界まで持ちあげて、鏡に女陰を映してやった。

「いっ、いやあっ……」

麗子が羞じらいの悲鳴をあげる。もちろん完全には見えなかったが、ふっさりと茂った黒い繊毛の奥に、アーモンドピンクの花びらが恥ずかしげに顔をのぞかせていた。

晴夫は右手をそこに這わせていった。中指で、花びらの合わせ目をなぞりたてた。ご[illegible]軽いソフトタッチだったにもかかわらず、片脚立ちの麗子は激しく腰を震わせた。

晴夫はかまわず、二本指で割れ目をひろげていく。つやつやと濡れ光る薄桃[illegible]粘膜が、ほんの少しだが鏡に映る。

「やめてっ……こんなの許してっ……」

麗子は顔から耳、首筋までを真っ赤に燃やして、涙ながらに哀願[illegible]てきた。それでも左右の乳首をつまんでいる手を離さないところが、いやらしくも健気《けなげ》だった。彼女はやはりマゾの資質があるようだった。確信を覚えながら、晴夫は彼女のいちばん敏感な部分を刺激しはじめた。

まずは包皮を剝き、珊瑚《さんご》色の肉芽を露わにした。被せては剝き、剝いては被せるという動きをリズミカルに行ってやると、麗子は瞼を落とし、きりきりと眉根を寄せていった。

「眼を閉じないでください」

耳元で声を尖らせた。

「なにも見えなくちゃ、罰にならないじゃないですか」

「……罰？」

麗子が困惑顔で薄眼を開く。

「そうですよ」

晴夫は鏡越しに険しい表情を向けた。

「課長は罰を与えてほしいんです。死にそうなくらい恥ずかしい目に遭わせてほしいんです。沢口智恵美を人身御供《ひとみごくう》にした罰として……」

「あああっ……」

智恵美の名前を耳した途端、麗子の紅潮した顔はくしゃくしゃに歪みきった。

「与えてあげますよ、罰を……」

晴夫は麗子の左足を洗面台の上に載せると、彼女の足元にしゃがみこんだ。無理な体勢で片脚をあげ、恥ずかしい部分を剝きだしにしている女課長を、下から見上げた。

「恥ずかしい思いをたっぷりさせてあげますよ……だから、眼を開けて、しっかり自分を見ててください……」

麗子は洗面台に向かって横を向く体勢になっていたが、三面鏡だから自分の姿が見えているはずだった。たとえ三面鏡ではなくとも、首を振って自分の姿を確認したに違いない。

ようやくわかったのだ。

晴夫の言葉によって、わけもわらず部下をラブホテルに引っ張り込んでしまった正当な理由を、麗子はようやく理解したのだ。

ただセックスがしたいだけではなかった。

傷の舐めあいですらなかった。

これは智恵美に対する贖罪《しょくざい》なのだ。

言い訳じみたそんな理屈が、麗子の眼の色を変えさせた。思う存分恥をかき、みじめさにのたうちまわる口実を、手に入れることができたわけだ。

彼女がマゾヒストなら、胸底で快哉《かいさい》をあげているに違いなかった。これで本能のままに振る舞えると、歓喜の咆哮をあげているはずだった。

晴夫が目の前の女陰に口づけをすると、白い喉を突きだして、いやらしすぎるよがり声を放った。

6

晴夫の舌の根は痺れていた。

顎《あご》の付け根も鈍く痛んでしようがなかった。

どれくらいの時間、舌を使っているのかわからなくなるくらい、洗面台の前でのクンニリングスは続いていた。三十分はゆうに超えていた。もしかすると一時間近く舐めているかもしれない。

だが、音をあげるわけにはいかなかった。

恥をかくのが麗子の贖罪なら、彼女に恥をかかせるのが晴夫の贖罪になるはずだ——そう思っていた。ふたりで恥にまみれ、欲望にまみれ、修羅場《しゅらば》の果てで智恵美に懺悔《ざんげ》したかった。

晴夫は舐めた。ぴちぴちした薄桃色の粘膜に舌を這わせ、鶏冠のような花びらを口に含んでふやけるほどにしゃぶりまわし、包皮から剝ききったクリトリスを舌先で執拗《しつよう》に転がした。晴夫の顔は、薄桃色の肉層からあふれてきた熱い蜜と獣じみた匂いにどこまでもまみれていった。

「くくっ……くぅううっ……」

首に筋を浮かべてうめく麗子の美貌は真っ赤に染まり、くしゃくしゃに歪んで、脂汗にまみれていた。何度もイキそうになっているのに、晴夫がトドメの刺激を与えないまま焦らしつづけているからだった。オルガスムスが欲しくて欲しくて肉づきのいい太腿は先ほどから痙攣がとまらない。あまつさえ、片脚立ちの不自然な体勢なので、立っているだけでもつらそうだ。十分ほど前までは健気に左右の乳首をつまんでいたが、いまは洗面台と壁に両手をついている。そうやってバランスをとらなくては、崩れ落ちてしまいそうなのだ。

「も、もう許してっ……」

ハアハアと息をはずませながら、麗子が言った。

「ベッドにっ……ベッドに行きましょうっ……もう立ってられないのっ……」

「それじゃあ罰にならないって言ってるでしょう」

晴夫は立ちあがり、息のかかる距離まで顔を近づけた。六つ年下の部下が鬼の形相をしているのに気圧され、身をすくめて顔をそむけた。晴夫の右手は吸い寄せられるように、麗子の股間に向かった。失禁しているかのように内腿まで濡らしていた。割れ目に中指を挿入し、中で鉤《かぎ》状に折り曲げた。上壁のざらついた部分、いわゆるＧスポットを穿《うが》つように刺激してやれば、麗子は髪を振り乱して悲鳴をあげた。晴夫はさらに、物欲しげに尖りきった乳首を口に含んだ。音をたててしゃぶりあげ、甘噛みまでして刺激してやる。

「ああっ、いやっ……いやいやいやっ……」

首を振りつつも、麗子の裸身はこわばってくる。息をつめて、快楽を味わおうとしている。中指を包んでいる濡れた肉ひだが、にわかに締まりを増した。指を食いちぎらんばかりの膣力で締めあげながら、大量の蜜をあふれさせた。鉤状に折り曲げた指を抜き差しすると、手のひらに蜜の水たまりができた。

「ああっ……あああっ……」

麗子の体がのけぞっていく。晴夫が左手で抱いていなければ後ろに倒れてしまいそうな勢いで背中を弓なりに反らせ、股間を出張らせてくる。もっと奥まで搔《か》き混ぜてほしいと言わんばかりに、腰まで使いはじめる。

「イキそうなんですか？」

「ああっ、そうよっ……イッ、イキそうっ……イカせてっ……」

「我慢するんですよ。いまごろ沢口さんは、あのおぞましい成増の狒々爺《じじい》にやりたい放題されてるんですよ。自分ばっかり気持ちよくなっていいと思ってるんですか？」

「言わないでっ……沢口さんのことはもう言わないでっ……あああっ……」

「言わないわけにいきませんよっ！」

晴夫はくしゃくしゃに歪んだ麗子の顔を睨みつけながら、鉤状に折り曲げた指を激しく抜き差しした。蜜がはじける音が洗面所の狭い空間に充満した。軽く潮まで吹いているようで、手のひらからあふれた蜜が床にポタポタと落ちていっているのがはっきりとわかった。

「ああっ、ごめんなさいっ……沢口さん、ごめんなさいっ……あああっ……」

麗子はもはや、熱狂の最中にいた。うわごとのように謝りながらも、すべての神経が両脚の間に集中していることは疑いようがなかった。

だが。

ここでイカせるわけにはいかなかった。麗子が恍惚《こうこつ》に向かって駆けあがっていこうとする寸前で、晴夫は指を抜いた。やるせなさに眼尻を垂らし、せつなげな声をあげている麗子の片足を、洗面台からおろした。顔を鏡に向けて、尻を突きださせた。

立ちバックの体勢だ。

晴夫はブリーフを脱ぎ、勃起しきった男根を取りだした。鋼鉄のように硬くなり、熱い脈動を刻んでいる肉の棒を握りしめ、切っ先を濡れた花園にあてがった。性器と性器がヌルリとこすれる感触に、麗子があえぐ。早く入れてと、尻を振りたててくる。

晴夫は蜜蜂《みつばち》のようにくびれた麗子の腰をつかみ、

「ちゃんと眼を開けててくださいよ」

鏡越しに麗子を睨みつけた。普段は隙がない女課長も、いまは完膚《かんぷ》なきまでに発情した獣の牝《めす》になっていた。眉根を寄せた表情のいやらしさが、尋常《じんじよう》ではなかった。いまならなんでも言うことをきかせることができそうだった。オルガスムスを与えてやると約束すれば、尻の穴でも喜んで舐めてくれそうだった。

「いきますよ……」

晴夫は腰を前に送りだし、猛《たけ》り勃つ男根を麗子の中に埋めこんでいった。熱かった。麗子の中は煮えたぎるようになっていた。おまけに濡れた肉ひだが、すさまじい勢いで吸いついてきた。それを振り払うように、一気呵成《いつきかせい》に最奥を目指した。腰を反らせて、子宮まで亀頭を届かせた。

麗子の背中も反り返る。苦悶の表情で鏡越しに視線を合わせながら、尻を押しつけてくる。まったく、いやらしい女だった。嬉しくなってくる。できることなら、こんな形ではなく彼女を抱きたかった。麗子のような女を恋人にもつことができたなら、どんなセレブにも負けないくらい人生を謳歌《おうか》することができるだろう。

晴夫はしばらくの間、腰を動かさずに結合感を嚙みしめていた。一刻も早く射精に向けて走りだしたかったが、智恵美の境遇に思いを馳《は》せれば、もっと麗子をいじめずにはいられなかった。自分をいじめずにはいられなかった。

麗子が先に動きだした。

身をよじるふりをして尻を押しつけ、腰をグラインドさせてきた。結合部の奥で蜜がはじけたのが、はっきりとわかった。

「なに勝手に動いてるんですかっ！」

晴夫は麗子の尻を叩いた。スパーンとサディスティックな打擲《ちょうちゃく》音がたち、麗子が悲鳴をあげる。

「や、やめてっ……ぶたないでっ……」

鏡越しに見える怯《おび》えきった顔が、晴夫の欲望を煽《あお》りたてた。もっといじめてやりたくなった。反対の尻丘を叩いた。往復ビンタさながらに、左右の尻丘を交互に叩いた。

「やっ、やめてっ……許してっ……ひっ、ひいいいっ……」

「じゃあ、抜きますか？　チンポ抜いちゃいますか？」

晴夫はさらに平手を飛ばした。最初こそ遠慮がちだったが、次第に容赦《ようしゃ》なく力を込めていった。尻の肉は分厚いので、それほど痛みはないだろうといちおう計算した。それでも、白磁のように白い素肌が、みるみるピンク色に染まっていったのを見ていると、少し怖くなってきた。

それでもしつこく平手を飛ばしたのには、理由があった。平手が尻丘にヒットするたびに、蜜壺がぎゅっと絞まるからだった。いままで経験したことがない、妖《あや》しい快感の虜《とりこ》になっていた。

「ああっ、お願いっ……お尻をぶつのをやめてっ……突いてっ……思いきり突いてちょうだいっ……」

いまにも泣きだしそうな顔で麗子に哀願され、晴夫はうなずいた。そろそろ我慢の限界だった。ピストン運動を送りこみながら、叩いてやればいいと思った。それに、麗子も気づいているはずだ。尻を叩いた瞬間、自分がしたたかに男根を締めつけていることを。

くびれた腰を両手でがっちりとつかみ、腰を振りたてた。いきなりのフルピッチだった。まずはじっくり中を撹拌《かくはん》しようと思っていたのだが、動かないまま長く我慢しすぎていたので、動きだしたらとまらなかった。

麗子が喜悦に歪んだ悲鳴をあげる。眉根を寄せたいやらしい顔で、鏡越しに見つめてくる。呼吸を激しくはずませながら、「いいっ！　いいっ！」としきりに叫ぶ。

実際に気持ちいいのだろう。晴夫自身、この前に抱いたときを遥かに凌駕《りようが》する一体感を感じていた。性器と性器の密着感がすごかった。それを振りきるように連打を放てば、ますます痛烈に食い締めてくる。突いても突いても、奥へ奥へと引きずりこまれていく。

たまらなかった。

一瞬、自分が誰で、性器を繋げている女が誰なのかもわからなくなるくらい、抜き差しに溺れてしまった。動きだして三十秒と経っていないにもかかわらず、陶酔の境地に達してしまった。

「むううっ！　むううっ！」

鼻息を荒げて腰を振りたて、両手を腰から胸にすべりあげていく。突くたびに淫らなほど揺れている双乳を下からすくいあげ、したたかに揉みしだく。背中から抱きしめるような格好になったことで、ピストン運動に勢いがなくなった。そのぶん、リズムが共有された。単純な抜き差しだけではなく、腰をグラインドさせて性器と性器をこすりつけあった。女体の柔らかさを全身で味わいながら、奥の奥まで貫いていく。

しかし……。

陶酔ばかりしているわけにはいかなかった。このままっすぐに走りつづければ会心の射精を遂げられるという確信があったが、このセックスはただ気持ちがいいだけで終わらせてはならなかった。

それでは智恵美に申し訳が立たない。

狒々爺の慰み者になっている彼女に対する、罪が贖《あがな》えない。

「ね、ねえっ……イキそうっ……わたし、イッちゃいそうっ……」

麗子が切羽つまった顔で声を震わせたので、晴夫は乳房から両手を離し、再びくびれた腰をつかんだ。いつにも増して野太く勃起した男根で、渾身のストロークを打ちこんだ。

しかしそれは、彼女をすんなりと恍惚の彼方《かなた》にゆき果てさせるためではなかった。

腰を振りたてながら、スパーンと痛烈に尻を叩いた。

「ひいいっ！」

麗子が悲鳴をあげ、表情を凍りつかせる。だがすぐに、彼女の顔は蕩けた。なにかを嚙みしめるようにぎゅっと眼を閉じ、再び開かれた眼は卑猥なまでに潤みきっていた。

やはり彼女も感じているのだ。尻を叩かれると、自分が男根を食い締めることを。ただでさえすさまじい密着感が、ひときわ増していくことを。

晴夫は平手を飛ばした。左右の尻丘を交互に叩き、そうしつつぐいぐいと男根を抜き差しした。

本物の熱狂が到来した。麗子はもう「やめて」と言わなかった。「ぶたないで」とも言わず、尻丘が真っ赤に腫《は》れあがっても、声の限りに歓喜の悲鳴をあげつづけた。

晴夫も雄叫びをあげて平手を飛ばし、腰を振っていた。興奮のあまり、口から涎《よだれ》を垂らしていた。麗子もそうだった。お互いに獣になっていた。いや、獣にはオルガスムスを延長することで、みずからを罰することはできない。自分の存在がなんなのかさえわからないまま、晴夫は陶酔していた。これほど興奮したセックスは、いまだかつて経験したことがなかった。

第四章　チャンス到来

1

週明けのオフィスは、気まずさで呼吸をするのも苦しいくらいだった。

土日にゆっくりと休息をとったせいか、麗子も智恵美も顔色自体は悪くなかったが、表情があからさまに曇《くも》っていた。優奈は我関せずを決めこんでいるようだったが、さすがに笑顔はない。

朝一番で成増の会社から電話が入り、ウルトラリラックスを三十台注文された。狒々爺が約束を守ってくれたのは喜ばしい限りだけれど、そこに至る経緯に思いを馳せれば、能天気に喜ぶことはもちろんできなかった。

（やっぱり、枕営業だけはやめるべきだったんじゃないかな……）

晴夫の心境は複雑だった。智恵美に対する罪悪感もあれば、それを晴らすために麗子としたアブノーマルなセックスの記憶も、まだ生々しく記憶に残っている。智恵美に対する贖罪のつもりでサディスティックに振る舞ってみたものの、当たり前だがそんなことが贖罪になるわけがなく、この土日は、布団から起きあがることができないくらい落ちこんでいた。

きっと麗子も同じだろう。いや、上司として智恵美に枕営業をするように命じたことを考えれば、何倍もの罪悪感を抱えこんでいるに違いない。おまけに、智恵美が枕営業をしている間、尻を叩かれながら何度も何度もオルガスムスに達したのだから、その心中を推し量ると、暗澹《あんたん》とした気分になるばかりだった。

しかし……。

あのときはああするしかなかったのだ、とも思っている。麗子は部下に枕営業を命じた罪悪感に押しつぶされそうになり、刹那《せつな》の快感でそれを忘れようとした。そのこと自体を責めることは、晴夫にはできなかった。たぶん、誰にもできないだろう。あそこで晴夫が突き放したりすれば、麗子のガラスのハートは粉々に砕け、仕事への意欲を失って、プロジェクトは解散、という可能性だってあったはずだ。そうなってしまっていちばん傷つくのは、他ならぬ智恵美だろう。契約のために人身御供となった意味がなくなってしまうからである。

「あのう……」

智恵美が小さく声をあげ、他の全員がいっせいに彼女を見た。まるで静かな水面に小石が投げられたようだった。

「そんなに気を遣わないでください……なんか、わたし、困っちゃいます。みなさんが心配するほど、わたし傷ついてませんから。結婚まで処女を守ろうなんてタイプじゃないし、不倫の経験もあれば、酔った勢いでゆきずりのエッチをしちゃったことだってあるし……成増社長もやさしくしてくれましたから。あれで三十台の発注が受けれるなら、みんなのためになれたなら、わたし、全然後悔しません……」

よけいに空気が重くなった。不倫のトラブルでこのプロジェクトに飛ばされてきたとはいえ、その容姿はかつて「社内でお嫁さんにしたいナンバーワン」と言われたほど、可愛らしいのだ。不倫好きであることを知らない社外の人間なら、処女であると言っても通りそうなほど初々しい透明感の持ち主なのだ。

そんな智恵美から「ゆきずりのエッチ」などという言葉を聞きたくなかった。お嫁さんにしたいナンバーワンにだって性欲はあるだろうから、そういうことだってあるかもしれないが、わざわざ口に出すことはない。ましてや「成増社長もやさしくしてくれた」はあり得ない。よこしまな想像力を刺激するような言葉は、厳に慎んでほしい。

「あのね、沢口さん……」

麗子がまなじりを決して智恵美を見た。

「わたしは……わたしは謝りません……」

オフィスの空気が凍りついた。

「わたしの役割は、是が非でも目標を達成させて、みなさんを希望の部署に送りだすことだと思っています。そのためには、脇目も振らず前に進まないといけません。だから沢口さんには謝りません……」

立ちあがり、みんなに背中を向けて、模造紙に小さな赤い薔薇を刺しはじめた。非情な言葉とは裏腹に、タイトスーツに包まれた背中が震えていた。心で泣いていることが、晴夫にははっきりとわかった。しかし、一方の智恵美は、呆然とした表情で、怒りに唇を震わせている。信じられない、と小声でつぶやき、

「外まわりに行ってきます」

とバッグを持ってオフィスから飛びだしていった。

どうやら、麗子の真意は伝わっていないようだった。自分が悪者になるから憎むのなら自分を憎みなさい、と麗子は言いたいのだが、本当に憎まれたら立つ瀬がないというものだ。上司とはかくも孤独なものなのかと、晴夫の目頭は熱くなっていく。

パーテーションが乱暴にノックされ、

「失礼するよ」

と男がひとり顔をのぞかせた。

笠井直道《かさいなおみち》だった。四十代の若さで役員になったやり手で、社内ではキレ者と評判の男だったが、晴夫は嫌いだった。キザで嫌みったらしく、自分ができる男であることを鼻にかけているからである。

「おいおい、まさかその薔薇、受注台数じゃないだろうな？」

「そうですけど、なにか？」

麗子が振り返って笠井を睨みつける。晴夫は驚いた。これほど好戦的な表情をした麗子を、見たことがなかったからである。

「ということはなんだ、もう目標の半分以上売ったってことか？」

「現在、七十五台。目標まで、あと二十五台です」

「そりゃあびっくりだ」

笠井は芝居がかった態度で乾いた笑い声をあげた。

「あのウルトラリラックスを七十五台も売るなんて、どんな魔法を使ったんだい？　後学のために教えていただきたいね」

「いったい、なんのご用件です？」

麗子は質問には答えずに言った。

「ご用件？　そろそろ泣きが入るころじゃないかと思って、様子を見に来ただけさ。辞表を出したい者がいるなら、受けとってやろうとね」

「そんなことはわたしがさせません」

麗子の声は怒りに震えていた。

「目標はかならず達成します。その折には、絶対に約束を守っていただきます」

「三カ月で百台売ったら、全員を希望の部署に行けるようにするっていう約束ね。もちろん忘れてないさ。だが百台売ったらだぜ、百台。ダハハハッ……」

できるわけがない、という高笑いを残して、笠井は去っていった。まったく嫌な男である。塩があったら撒きたいくらいだ。

「わたしも外まわりに行ってきます」

思いつめた表情で麗子が出ていき、晴夫と優奈だけが残された。呆気にとられている晴夫に、優奈は言った。

「知ってます？　あの人が、こんな無茶なプロジェクト立ちあげて、課長にリーダーを押しつけた張本人なんですよ」

「そうだったの？」

晴夫はまったく知らない話だった。

「でも、どうして？」

「なんでも、課長にプロポーズして手厳しくふられたらしくて、そのことを蛇《へび》より執念深く根にもっているそうで」

「なんだそりゃあ……」

晴夫は吐き捨てるように言った。役員ともあろう者が、公私混同もいいところではないか。

「だけどさ、どうしてキミ、そんなこと知ってるんだい？」

「それはお店で専務に……やだ」

優奈はポーカーフェイスを崩し、焦って口を塞《ふさ》いだ。だが、言ってしまったことはもう取り消せない。悪戯《いたずら》を見つかった子供のような顔で、唇の前に人差し指を立てた。

要するに、彼女はまだ、銀座のクラブでホステスのアルバイトをしているのである。それが会社に見つかって大問題になり、専務が助けたという噂だったが、まだ働いているということは、専務のお気に入りなのかもしれない。そんな詮索《せんさく》をしてもしかたがないが、肉体関係を結んでいる可能性もある。

「あのさあ……」

晴夫は優奈の顔をのぞきこんだ。

「ひとつ、質問していい？」

「どうぞ」

優奈は澄《す》ました表情で答えた。

「そんなに銀座のクラブの水が合うなら、どうしてそっちを本業にしないんだい？　ＯＬなんかよりずっと稼げるだろう？」

晴夫の脳裏には、優奈が料亭で披露した黒いレースの下着姿がチラついていた。服を脱いだ途端、二十歳とは思えないほどの色香を放射した。ホステス仕様の露出の多いドレスを着たら別人のように色っぽくなるという話は、あながち嘘ではないと思った。

「親がうるさいんですよ」

優奈は言った。

「ＯＬ辞めてホステスになりますなんて言ったら、たぶん殺されちゃう」

「そりゃ大げさだろ」

晴夫は苦笑した。

「いいえ。うちの父親、尋常じゃなくわたしを溺愛《できあい》してるんです。それに、いまは本業でやってるプロっぽいホステスより、昼間はＯＬしてたほうがお客さんにウケがいいんですよ。〈ライデン〉もいちおう上場企業ですからね。そういうところのＯＬには、オジさま方、幻想があるみたいで。素行がよく思われるんですよ……ふふっ、笑っちゃいますけどね」

しれっと言う優奈は小悪魔のようで、晴夫は怖くなった。自分が管理職になっても、銀座のクラブにだけは近づかないようにしようと胸に誓《ちか》った。彼女のような女に捕まったら、ケツの毛まで一本残らず抜かれてしまいそうだ。

2

それにしても。

自分はいったいどれだけ無能な男なのだろう、と晴夫はしみじみ哀しくなった。麗子も智恵美も体を張っている。優奈にしても、麗子に連れられていった接待の席でセクハラを受けたことは、一度や二度ではないだろう。

だが晴夫は、この二カ月間で、なんの成果もあげていない。結果を出していないだけではなく、クライアントのセクハラに耐えるようなこともなく、ただぼんやりと時間が過ぎているのを見送っている。

麗子がつくったリストに則《のっと》り、朝から晩まで会社巡りをしているのだが、まったく成果を出せていない。自分ではこれほど仕事に打ちこんだことはないと思っているのだが、それでもまだ必死さが足りないのだ。

麗子は必死だった。鬼気迫るものがあった。契約をとるためなら、ノーパン・ミニスカも、男根三本洗いも辞さず、部下に枕営業まで命じた。成増が指名したのが麗子であれば、躊躇うことなく狒々爺に抱かれただろう。事の善悪はともかく、会社を見返すために懸命になっている。今日知ったことだが、笠井のごとき公私混同する役員をギャフンと言わせるために、恥をかく覚悟を決めている。

それに引きかえ……。

自分の体《てい》たらくを考えると、穴があったら入りたいくらいだった。プロジェクトチームの中で、晴夫はひとりだけ、役に立っていなかった。おミソである。これでは、たとえ目標の百台を達成したとしても素直に喜べない。好きな部署に異動していいと言われても、ご褒美《ほうび》だけを貰うわけにいかない。

なんとかしなければならなかった。

百台を四人で割れば、ひとりのノルマは二十五台。ちょうど目標までの残りの台数と重なる。そこまでは無理としても、せめて十台、いや五台でも契約をとらなくては、セクハラに耐えているみんなに合わせる顔がない。

あてがないわけではなかった。

晴夫に割り当てられている法人のジャンルは美容室だった。その業界で成功している人間は、たいてい支店をいくつも経営しているものだが、大口契約を目指して会社巡りをしても十中八九は門前払いで、話を聞いてもらえたとしても一台百万という値段を言った瞬間に追い返されるのが常だった。

だが二週間ほど前、意外なところからその筋の人間にコネをつけることに成功した。家の近所によく行くバーがある。住宅街の中でひっそりと営業している、無口なマスターがひとりでやっている店だ。いつ行っても他に客がいないところが気に入っていたのだが、そこでひとりの女と知りあった。

金持ちであることは身なりでわかった。黒いパンツスーツ姿だったが、見るからに高級感のある生地と仕立てだったし、イヤリングや腕時計にはダイヤが光っていた。

年は三十代後半から四十代半ばだろうか。耳を出したベリーショートの髪型とスリムなスタイルのせいで若く見えるが、実年齢は意外にいっているかもしれない。さりげない所作から知性と教養を感じた。背筋を伸ばして少しずつギムレットを飲む姿が、やたらと様になっていた。

「どうも、よく会いますね」

ある夜、晴夫は声をかけた。仕事の成果があがらず泥酔しており、バーで隣り合わせた金持ちそうな女が、美容院をいくつも経営している実業家だったらどんなにいいだろうと夢を見たのだ。

「ご近所にお住まいですか?」

「ええ。わたし独《ひと》り者だから、夜はついふらふらとね……」

話してみると気さくな人だった。

「六本木《ろっぽんぎ》あたりまで出ていくのも、もう面倒だから。最近、このあたりに引っ越してきたばかりなんだけど、近くにいいお店があってよかった」

「ここ、静かで落ち着きますもんね」

「そうね」

失礼ですがご職業は? と訊《たず》ねたい気持ちをぐっとこらえ、

「綺麗なネイルですね」

爪の装飾を褒《ほ》めた。実際、綺麗だった。派手な色使いなのに、大人の女に相応しい落ち着きがある。

女は照れくさそうに笑い、

「仕事だから」

と言った。

「ネイリストさんですか？」

「うん……いまは経営者だけど」

晴夫は身を乗りだしたくなった。

「ネイルサロンを経営している？　すごいなあ」

「これでも、けっこうなやり手なのよ。渋谷《しぶや》に三店舗、青山《あおやま》に二店舗。もともとは美容師だったんだけどね」

「じゃあ、美容院も経営してるんじゃや……」

「都内に十店舗ほど」

女がツンと鼻を持ちあげて答え、こんな幸運があってもいいものかと、晴夫は小躍りしそうになった。

「ふふっ、ごめんなさい。なんか自慢っぽかったわね」

「そんな……どんどん自慢してください。だって格好いいですよ、女性の実業家って。僕なんかしがないサラリーマンですから」

「どんな仕事？」

「〈ライデン〉っていう会社で営業をしてます」

「あら、一流メーカーさんじゃない」

「いえいえ……」

晴夫は苦笑した。〈ライデン〉は一流を目指している優良企業だが、同業他社の中でトップグループには入っていない。限りなく二流に近い一・五流が正確なところだが、名前を知っていてくれたのはありがたかった。

名刺を交換した。彼女の名前は渡瀬《わたせ》咲恵《さきえ》。肩書きは本当に代表取締役社長だった。

以来、晴夫はそのバーに日参し、咲恵を待った。三日に一回ほどの割合で、一緒に飲むことができた。彼女は寝酒を求めてきているようで、バーの扉を開けるときは疲れた表情をしていることが多かった。「独り身だからね」「淋《さび》しいの」そんな言葉を会話の端々にかならず挟みこんできた。冗談めかして「これからうちで一緒に飲む?」と言われたこともある。冗談ではなく、淋しいのだろうなと思った。彼女からは男の匂いがまったくしなかった。

ならば、男女の関係になってしまえばいい。そうすれば、十の美容院と五のネイルサロンに、ウルトラリラックスを置いてもらうことも可能かもしれなかった。ネットで彼女が経営する店を調べたところ、セレブを相手にしているらしく、最新設備や高級感を売りにしていた。当然、料金はかなり高額だ。まさにウルトラリラックスを置いてもらうのに、うってつけだった。

しかし……。

躊躇《ためら》ってしまう理由がふたつあった。

ひとつは、そんな結婚詐欺《さぎ》のようなことをしてもいいのかどうか、という問題である。咲恵は金持ちで、やり手の実業家のようだったが、いい人だった。同じ経営者でも、松永や成増のような、欲望を剝きだしにして生きている俗物とは人種が違った。金があっても盛り場で散財するようなことはなく、住宅街でひっそりと営業している小さなバーで寝酒を楽しんでいる謙虚《けんきょ》な人だったから、騙《だま》すようなやり方をしたくなかったのである。

そして、こちらのほうがより重要なのだが、晴夫は咲恵にあまり欲望を覚えなかった。年齢的なことではない。晴夫よりひとまわり以上年上かもしれないが、その点に臆《おく》しているわけではなく、色気を感じないのだ。

ベリーショートの髪型にすらりと細いスタイル、性格はサバサバしているし、おまけにいつもダークカラーのパンツスーツ姿だから、女性ばかりの歌劇団の男役のように見えてしまうのである。

抱いて抱けないことはない、とは思う。性欲が溜まりに溜まって風が吹いただけで勃起してしまうような夜、デリヘルで女を呼んで彼女がやってくれば、チェンジとは言うまい。しかし、ソープランドの入口で二枚の写真を見せられ、一方が彼女で、もう一方が容姿はやや劣っても色っぽい女だったら、そちらを選ぶような気がする。

もちろん、そんなことを言っている場合ではないことはわかっていた。

心を悪魔に売り渡し、おのれの好みなど差し置いても、やらなければならないことが晴夫にはあった。ウルトラリラックスを売るために、寝技でもなんでも使って咲恵に取り入るべきだった。麗子にしろ、智恵美にしろ、おぞましいばかりの好色漢に、女にとって大切なものを切り売りした。

だが、どうしてもできなかった。いくら頭を絞っても、気の利《き》いた口説《くど》き文句が思いつかなかった。

考えに考えた挙げ句、正攻法で迫ってみることにした。ウルトラリラックスを買ってもらえないかと、できれば複数台を大口で発注してくれないかと、頭をさげてお願いするのだ。

愚直なやり方だった。

当たって砕ける可能性は高かった。

それでも、相手が咲恵のようなタイプなら、そういうやり方が相応《ふさわ》しい気がした。たとえ彼女の経営する店では不要でも、誠意をもってセールスすれば、同業者を紹介してもらえる道だってあるかもしれない。搦《から》め手を使った場合その道は閉ざされるので、実は正攻法がいちばん利に繋がりやすいのではないか、と自分で自分に言い訳した。

3

ある日。

それは、智恵美が成増相手に枕営業をしてからちょうど一週間後の金曜日のことだった。

今日こそは咲恵に話を切りだそうと覚悟を決め、バーに向かった。時刻は午後十一時だった。扉を開けると咲恵が止まり木に座っていたので、軽く驚いた。その店の営業時間は午前三時までで、彼女がやってくるのはたいてい日付が変わるころだったからだ。

「今日は早いですね」

静かに声をかけながら、隣の席に座った。咲恵が微笑を返してくる。なんだかいつもより疲れている様子で、口をきくのも面倒くさそうな感じだった。

「バーボンのソーダ割りを」

無口なマスターに頼み、それを飲んだ。横顔を向けつつも、咲恵の様子を必死に探っていた。美容院を十店舗、ネイルサロンを五店舗も経営していれば、サラリーマンの自分には想像もつかないくらい疲れることだってあるに違いない。そんなとき、商談をもちかけるのはうまくない。覚悟は決めてきたものの、今日は別の話をしたほうがいい。なにかないだろうか？　疲れがほぐれるような、楽しい笑い話でも……。

「ねえ……」

咲恵のほうから話しかけられた。

「森山くん、これからちょっと時間ある？」

「え、ええ……」

晴夫はうなずいた。

「こんなところ……って言っちゃ悪いですけど、ひとりで飲みにきてるくらいですから、暇ですよ」

「折り入って相談があるんだけど……」

「ハハッ、なんでもどうぞ……」

笑いながらも、晴夫の心臓は早鐘《はやがね》を打ちだした。咲恵の表情が、妙に切羽つまっていたからである。それに、「折り入って相談」があるのは、こちらのほうだった。用意してきた台詞を先に言われてしまい、驚いてしまった。

「場所、変えてもいい？」

咲恵が言った。

「静かなところで話したいから……」

その店も充分に静かだったが、晴夫はうなずいた。「すぐそこだから」と連れていかれたのは彼女の家だった。なんとなく、そんな予感はしていた。「相談」の内容を想像すると、心が千々に乱れていく。

彼女の家は、新築の一戸建てだった。４ＬＤＫか5ＬＤＫといったところか。家族もペットもなく、ひとりで住むにはいささか広すぎる感じだ。

リビングに通された。二十畳はあろうかという広々とした空間なうえ、天井が吹き抜けだった。咲恵にうながされ、晴夫はＬ字形のソファの端にちょこんと腰をおろした。なるほど、この家でひとりで暮らしていたら淋しいだろう。寝酒を飲みに、外に出たくもなるはずである。

「お酒、なに飲む？　なんでもあるけど、バーボンがいい？」

「咲恵さんは？」

「わたしはワインにする」

「じゃあ、同じもので」

ソファの前のガラスのテーブルにワイングラスが置かれ、赤い液体が注がれた。きっといいワインなのだろう、葡萄《ぶどう》が熟した芳醇《ほうじゅん》な香りがあたりに漂った。

「ちょっと失敗しちゃったかもね……」

吹き抜けの天井を遠い眼で眺めながら、咲恵は言った。

「どうせ家を建てるなら一生住めるようなのにしよう、そう思ったのよ。大は小を兼ねるって言うし、部屋が余ってるぶんには邪魔にならないだろうって、一緒に住む人もいないのにこんな家建てちゃって……」

「立派な家だと思います」

晴夫は真顔で言った。

「僕なんかの稼ぎじゃ、ガレージも買えるかどうかあやしいですね。いかにも成功者の証って感じで、羨《うらや》ましい限りです」

「やめてよ。それほどのものじゃないし」

咲恵は苦笑した。

「ただ、おしゃれな街の高層マンションとかに住むなら、住宅街の一戸建てがよかったの。気持ちが落ち着くじゃない？」

「ハハッ、おしゃれな街で美容院やネイルサロンを経営している人とは思えない発言ですね」

「だからこそよ。仕事先が渋谷や青山だから、帰ってくる家はホッとできるところがよかったわけ」

「もしかして……」

晴夫は咲恵の顔をのぞきこんだ。

「話って下宿人の募集ですか？」

「はあ？」

「部屋が余ってってもったいないから、僕にひと部屋貸そうっていうんじゃ……」

「やだ……」

咲恵は笑った。腹を抱えて大笑いした。

「冗談はやめてよ。そんなわけないじゃないの……」

もちろん冗談だった。新居に招いた者と招かれた者、お互いに緊張していたので、それを和《なご》ませようと思ったのだ。

「じゃあ話っていうのは……」

和んだ雰囲気に乗じてうながすと、

「うん……」

咲恵は笑うのをやめて姿勢を正した。

「わたしね、男の人が嫌いなの。大っ嫌い……」

せっかく和んでいた雰囲気が、一瞬にして凍りついた。

「憎んでるって言ってもいいかもね。だからこの年まで独身だし、この先もたぶん、ずっと独身……」

咲恵はワインをひと口飲んでから、声音を変えて訊ねてきた。

「愛の反対ってなんだかわかるかしら?」

「……憎悪ですか」

「違う。無関心。だからわたしは、男の人を愛してないわけじゃないの。嫌いなのも憎らしいのも、愛の一種かなって最近は思ってる。レズじゃないしね。レズだったら、もっと楽だったと思うけど」

「どうして男が嫌いになったんです?」

「それは訊かないで。暗い話になるから」

咲恵は眼を伏せて息を吐いた。

「べつに悲惨なトラウマとかあるわけじゃないのよ。でも、あんまり理由とかは考えたくない……とにかく男が嫌いなの。憎たらしいの。でもそれは、愛してるってことでもあるの。無関心じゃないんだから、愛してるわけ。たぶん、普通の人たちよりずっと激しく……」

晴夫は曖昧《あいまい》に首をかしげた。言っている意味がよくわからなかった。

咲恵はワインを飲んだ。グラスを空け、ボトルから注ぎ、それもまた半分ほど一気に喉に流しこんでしまう。

「……いじめたいのよ」

小さくかすれた声で言い、

「えっ？」

晴夫は思わず聞き返してしまった。その声が大きすぎたので、咲恵は癇《かん》に障ったらしい。険しい表情で声のボリュームを一気にあげた。

「いじめたいのよ。男の人をいじめたいの。わかる？　わたし、レズじゃないけど、ドSなの！」

重苦しい沈黙が一瞬漂い、

「……そ、そうですか」

晴夫は泣き笑いのような顔でうなずいた。いまどき珍しい性癖でもないような気がするが、なぜそれを自分に向かって告白しているのかを考えると、両腋に冷たい汗が滲《にじ》んでくる。

「そういう自分の本性に気づいたのは、四、五年前のことかしら。当時はちゃんと恋人もいてね。仕事もできれば心やさしい紳士でしたけどね、別れました。だってわたし、その人を好きになればなるほど、いじめたくなるんですもの。向こうは結婚まで考えてたみたいだけど、とてもできないって思った。別れたわたしは、本性に忠実に生きる道を探して、SMサークルみたいのに入ったのね。いじめられるのが好きな男と、アブノーマルなプレイに興じました。全然しっくりこなかった。何人相手を変えても結果は同じ。僕はマゾですって顔をしてる男をいじめても、燃えないのよ。燃えるわけないのよね、みんなモテないから変態になりましたって男ばっかりなんだもん。わたしの理想はね、女にもモテそうな男をいじめることなの。いじめて犯したいの。特別イケメンだったり、お金持ちだったりする必要はないのよ。ごく普通に、ナチュラルにモテそうな男を、ひいひい言わせてやりたいの……」

「いや、あの……」

晴夫は口ごもりながら、席を立つ口実を探した。いじめられて犯されるなど、冗談ではなかった。女好きでは人後に落ちない自信があるが、M的な気質はどこにもないし、どちらかと言えばSのほうなのだ。この前、麗子を相手にサディスティックに振る舞ったのは特例としても、女を責めて悦ばせ、そのことによって支配欲が満たされる、ごく一般的に男らしい性癖の持ち主なのである。

「ちょっと、その……失礼させてもらってよろしいでしょうか……」

ソファから腰を浮かせると、

「一分待って」

咲恵は人差し指を立てて制した。

「ウルトラリラックスの話がまだ残ってるから」

「……えっ？」

晴夫は驚愕に息を呑んだ。

「あなたの出方によっては、〈ライデン〉が開発した一台百万円の超高級マッサージ機、うちのサロンでまずは五台、引き受けてもいいんだけど……」

「あ、あのう……」

晴夫は混乱していた。そんな話を彼女にした記憶がないので、心の底から仰天《ぎょうてん》してしまった。

「どうして……どうしてそれを……」

「わたし、これでもけっこう顔が広いのよ。〈ライデン〉には気の置けない友達がいてね、あなたのことを調べてもらったの。左遷《させん》寸前のプロジェクトチームに飛ばされて、高級マッサージチェアを売ってるんでしょう？　目標台数に達しなかったら、全員で子会社行きなんでしょう？　だから、まずは五台、うちで引き受けます。評判がよかったら、十台まではなんとかできると思う」

「つ、つまり……」

晴夫の声は恥ずかしいほど震えていた。

「その代わりに僕のことをいじめたいと……いじめて犯したいと……そういうことなんでしょうか？」

咲恵はなにも答えてくれなかった。横顔を向けたままワイングラスを傾けると、そのまま黙して口をきかなくなった。

4

ドSの女にいじめられるセックスというものが、晴夫にはうまくイメージできなかった。楽しいことはなにもなく、ただ一方的にみじめな思いをさせられるのだろうと思った。

それでも引き受けることにしたのは、男の意地だった。麗子や智恵美にばかり負担をかけている罪悪感を、少しでも払拭《ふっしょく》したかった。五台でも契約がとれれば、それも晴夫が単独でとってきたとなれば、プロジェクトの士気はあがるに違いない。いままでやってきたことが報《むく》われそうだと、みんな眼を輝かせてはしゃいでくれるに決まっている。その光景を拝むためなら、どんなことでもできると思った。いや、しなければならなかった。尻込みしていたら笑われる。彼女たちは女で、こちらは男なのだ。

「どうすればいいんでしょうか？」

晴夫は無防備な顔を咲恵に向けた。

「お望みのことを、なんでも受け入れる覚悟ができました」

「そう」

静かにうなずいた咲恵は、バーでは見たことがない冷たい表情をしていた。ノーブルな冷たさだった。札束で横っ面を引っぱたいて男を言いなりにするという、ある意味、恥ずべき行為に淫しようとしているのに、自己嫌悪のようなネガティブな感情は、彼女の表情からまったく伝わってこなかった。これがサディストの顔なのだろうか。

「じゃあ、服を脱いで」

「ここで……ですか?」

「そう、ここで」

「……わかりました」

晴夫は立ちあがり、ジャケットを脱いだ。ネクタイをほどき、ワイシャツのボタンをはずし、淡々とボクサーブリーフ一枚になっていく。

「これもですか?」

「もちろん」

咲恵がうなずいたので、晴夫は何度か深呼吸してからブリーフをめくりさげ、脚から抜いた。イチモツは勃起していなかった。一方的に裸を見られるという異常な状況にもかかわらず、興奮していなかった。異常な状況すぎて、縮こまっていると言ったほうが正確かもしれない。

「ずいぶん可愛いオチンチンね……」

咲恵は鼻で笑うと、ジャケットを脱ぎ、立ちあがってチェストに向かって歩いていった。白いシャツと黒いズボンというマニッシュないでだちのせいで、女性ばかりの歌劇団の男役のような印象が強まった。

咲恵がチェストから出してきたのは、なんとヴァイブレーターだった。男根を模したシリコン製の大人のオモチャが、ガラスのテーブルに三本並んだ。黒と白とピンク。どれも、ありえないような長大なサイズだった。男根を模しているだけではなく、表面にイボがついているものもあった。はっきり言って、おぞましすぎるほど迫力がある。

「わたしね……」

咲恵はもっとも野太い黒いヴァイブを手に取ると、愛《いと》おしげな表情でそれを見つめた。みるみる瞳が潤んでいくのが、はっきりとわかった。

「男の人が大嫌いだから、毎晩これで自分を慰めてるのよ。とっても立派で気持ちよくて、夢中になって出し入れしてると、釣りあげられたばかりの魚みたいに、ビクンビクンしながらイッちゃうの。あなたの可愛いオチンチンじゃ、満足させてもらえないかもね……」

晴夫のイチモツが鎌首をもたげ、隆々と勃起して吹き抜けの天井を睨みつけた。咲恵が黒いヴァイブを股間に咥えこみ、ひとりオルガスムスに駆けあがっていくところを想像してしまったからだった。

「ふふっ、ようやく大きくなった」

咲恵の笑顔は、息を呑むほど妖艶《ようえん》だった。

「でもまだ、こっちのヴァイブちゃんのほうがずっと立派で逞《たくま》しいわね。恥ずかしくないの？　あなたのオチンチン、オモチャ以下よ」

「そう言われても……」

晴夫は羞恥に赤く染まった顔で苦笑するしかなかった。

「もっと大きくしてごらんなさいよ」

「できませんよ」

「できるでしょ」

「持って生まれたものなんだから、できません」

「シコシコすれば、いまよりちょっとは大きくなるでしょ」

晴夫は一瞬、返す言葉を失った。顔が燃えるように熱くなり、体が小刻みに震えだすのをどうすることもできなかった。

なるほど、彼女は本物のサディストなのかもしれない。そうでなければ、自分は服を着たまま、男に自慰《じい》を求めることなどできやしない。

「どうしたの、早くシコシコしなさいよ」

せせら笑いながら、咲恵が言う。晴夫は震える右手でおのが男根を握りしめた。麗子が受けた恥辱は、こんなものではなかったはずだ。智恵美の枕営業に比べれば、オナニーくらい楽勝でできる。

しかし……。

生まれて初めて経験する人前での自慰は、尋常ではなく恥ずかしいものだった。勃起しきった男根をしごく右手の動きは、日常生活では決して披露することのない卑猥なものだし、しごけば快楽が訪れる。その気はなくとも、身をよじってしまう。立ったままのオナニーというのも普通ではなかったので、体の動きがおかしい。卑猥なダンスを下手くそに踊っているみたいだ。自分の一挙手一投足に羞恥を覚え、全身から嫌な汗が噴きだしてくる。

「ふふっ、真っ赤になってお猿さんみたーい」

咲恵が少女のような声をあげ、手を叩いて笑う。

「出すまで続けなさいよ。絨毯《じゅうたん》汚してもかまわないから、ピュッピュと男らしく飛ばしてみなさい」

言われなくとも、晴夫もそのつもりだった。射精だけが、この恥辱にまみれたゲームを終わらせることができる唯一の救いに思えていた。普段の自慰では、みずからを焦らしながらゆっくりとそこに向かうのに、フルピッチでしごいていた。先端からあふれたものが包皮の間に流れこみ、みじめな音をたてても気にせずにしごきつづけた。

サディストの本性がわかっていなかったのだ。恥をかく覚悟を決め、腰を反らせてしごき抜き、あと十秒もあれば放出できると確信を得た瞬間だった。

「ストップ！」

いつの間にか側に立っていた咲恵に、右の手首をつかまれた。男根をしごいているほうの手だ。強引にそこから離され、しごくのを中断させられた。

「な、なにをっ……」

焦った顔をする晴夫の両手に、咲恵は手錠《てじょう》をかけた。晴夫がオナニーに夢中になっているうちに、そんなものを出していたようだ。冷たい金属の輪によって、晴夫の両手は背中で拘束《こうそく》されてしまった。

その瞬間、晴夫がまず感じたのは、激しい怒りだった。するつもりだった射精を取りあげられた喪失感は眼も眩《くら》むほどで、やるせなさに恥ずかしいほど身をよじった。

しかし、怒りはすぐに不安に吸いとられた。射精寸前の男を後ろ手に拘束し、咲恵はいったいなにをするつもりなのだろうか。行き先のわからない電車に乗せられたような不安に全身をわななかせ、次第に恐怖まで感じはじめる。それでも男根は痛いくらいに勃起して、下腹に貼りついていた。しごきたかった。恥をかこうがなんだろうが、勢いよく男の精をしぶかせたくて、いてもたってもいられなくなってくる。

「自分ひとりで気持ちよくなるのはひどくない？」

咎《とが》めるような眼つきで、咲恵が睨んでくる。

「ひ、ひどいもなにもっ……咲恵さんが自分でしろって言ったんじゃないですか。出すまで許さないって……」

「あなたには遠慮ってものがないの？　人間の大切な美徳のひとつよ。言われたままのことだけするなんて、調教済みの犬でもできるんじゃないかしら」

「いや、でも……」

「こっちへ来なさい」

咲恵に腕を取られ、奥の部屋にうながされた。寝室だった。間接照明がつけられると、広々としたクイーンサイズのベッドが部屋の中央に鎮座していた。咲恵はベッドからカヴァーを剝がすと、淡い紫色をしたシルクのシーツの上に晴夫をあお向けで横たえた。

晴夫の不安と恐怖は限界に迫っていた。それを尻目に、咲恵は服を脱いでいく。マニッシュな白いシャツと黒いズボンの下から現れたのは、驚くべき下着だった。オールインワンというのだろうか、ワンピース水着のような形で、素材は黒く透けているナイロン。赤い乳首と黒い陰毛まで透かせている、超弩《ど》級のセクシーランジェリーである。

さらに両脚がセパレート式のストッキングで包まれていた。ストラップがないから、太腿を飾るレースの部分がストッパーになっているのだろう。極薄の黒いナイロンが、太腿の真ん中から爪先まで妖しい光沢を与えていた。

驚愕するしかなかった。だれがマニッシュなパンツスーツの下に、これほどエロティックな衣装が隠れていると思うだろうか。

晴夫の男根は、にわかにみなぎりを増し、熱い脈動を刻みはじめた。彼女に色気など感じていないはずだった。しかし、そんな淫らな格好を見せつけられれば話は別だ。あまつさえ、自慰で射精寸前まで高まっていた状態だった。したたかに悩殺され、発情した牡犬のように呼吸が荒くなっていく。

咲恵がベッドにあがってくる。

微笑が妖しすぎる。笑っているのは口の端だけで、眼つきは異様にギラついていた。視線がとらえているのは、勃起しきった男根だ。彼女は男が嫌いだと言った。憎んでいるとさえ言っていた。なにをされるのだろうか？　これからいったい、どんな仕打ちがこの体に訪れるのか？

咲恵は晴夫の両脚をつかむと、大きくひろげてきた。男が女によくするようなM字開脚だ。もう少しで、声をあげてしまうところだった。それを寸前でこらえたものの、続いて身をよじりたくなるような恥ずかしさが襲いかかってくる。両脚の間で、咲恵がニヤニヤ笑っていた。欲望を隠そうともしない卑猥な笑顔にもかかわらず、非情な冷酷さばかりが伝わってくる。

「いい格好よ……」

勝ち誇った顔で言い放った。

「男はいつも、女にこんな格好をさせて悦に入ってるのよねえ。そのくせ自分がされると怯えたような顔をする。笑っちゃうわね」

股間に顔が近づいてきた。フェラチオをされるのか思ったが、そうではなかった。だらりと伸ばされた咲恵の長い舌がとらえたのは、アヌスだった。

「むむっ！」

排泄《はいせつ》器官のすぼまりを大胆に舐めまわされ、晴夫はうめいた。そんなところを舐められた経験はなかった。くすぐったかったが、男根をしごきたてられながら舐められると、くすぐったいだけではない、なんとも形容しがたい感覚が襲いかかってきた。気持ちがいいのにくすぐったく、顔を真っ赤にして悶絶してしまう。

「気持ちいいの？」

咲恵が眉をひそめて見つめてくる。

「お尻の穴を舐められてそんなに悶えるなんて、男のくせに恥ずかしくないのかしら？」

晴夫は泣きそうな顔で呼吸を荒げるばかりだった。咎めるように言いつつも、咲恵の手指はしっかりと男根をしごいていた。それも、刻一刻と手つきがいやらしくなり、男の性感のツボを的確に刺激してくる。

咲恵は男が嫌いだと言った。憎んでいるとさえ言っていた。なのに、どうしてここまで手コキがうまいのだろう。男をいじめるためなのか？　快楽によって男を支配し、ひれ伏せさせるためなのか？

「舐めてあげましょうか？」

咲恵が舌なめずりをしながら、亀頭に顔を近づけてくる。舌なめずりをしている口許だけで笑い、眼を異様にギラつかせた表情に、晴夫は戦慄を覚えるしかなかった。

5

咲恵のフェラチオは、他の誰にも似ていなかった。

長い舌を器用に動かして裏筋をくすぐりながら、先っぽだけを吸ってきた。亀頭の上半分くらいだろうか。ごく微量な力加減で、先端だけを執拗に刺激された。根元をつかんだ手指は、もう肉竿をしごいてこなかった。角度を保つために添えられているだけで、握る力さえ次第に弱まっていった。

つまり……。

彼女のフェラチオは、されればされるほど欲望だけがふくらんでいき、もどかしさばかりが募《つの》っていくものだった。もっと深く咥えてくれと思っても、咥えてくれない。強く吸ってくることもない。しゃぶってもくれない。いちばん敏感なカリのくびれを舐めてくれることもなく、ただ先端を軽く吸ってくるだけなのである。

それが延々と続いた。

もう三十分以上続いているのではないだろうか。

晴夫は恥ずかしいM字開脚の体勢のまま、全身を脂汗にまみれさせていた。声をこらえるだけで必死だった。声というより言葉だろうか。イカせてください、と叫びたかった。なんでも言うことをきくからイカせて……。

脳裏に麗子の姿がフラッシュバックする。彼女を相手に、晴夫は責めていた。立ったままのクンニリングスでオルガスムス寸前まで追いこみ、けれども決してイカせずに焦らし抜いた。

あれをいま、自分がやられているのだった。しかも、晴夫の場合はなんちゃってサディストだったが、咲恵のやり方からは本物の凄みが伝わってくる。男に対する激しい愛憎を、彼女はたしかにもっているようだった。だがそれを感情的にぶつけてくるのではなく、ごく微量の唇の動きで男を追いつめてくる。底が見えない。戦慄を誘うような執念深さを感じずにはいられない。

「ううっ……くううっ……」

晴夫は後ろ手に拘束された不自由な体をよじらせ、うめき声をあげた。咲恵は先端を吸っているだけではなく、時折舌先を尖らせて肉竿の裏側をツーとなぞってくる。それもまたごく微量な刺激にすぎなかったが、気が遠くなるほど気持ちよかった。首に何本も筋を浮かべてうめきながら、男根が限界を超えて硬くなっていくのを感じた。先端から熱い先走り液が噴きこぼれていくのが、はっきりとわかった。

「そろそろ出したくなってきた?」

咲恵が眉根を寄せたいやらしい顔で笑う。晴夫は首が折れる勢いでうなずいた。そろそろどころか、フェラチオが始まる前から射精への欲望でいても立ってもいられなくなっていたのだ。

「でも、まだダメかな……」

咲恵は非情に言い放ち、体を起こした。フェラチオを中断し、男根の根元に添えてあった手も離されてしまう。

晴夫は悲鳴をあげたくなった。ここにきて放置プレイはつらすぎる仕打ちだった。しかし咲恵は、ベッドから降りていく。戻ってきた手に握られていたのは、先ほどのヴァイブだった。黒光りを放ち、イボイボのついているおぞましいオモチャのスイッチを入れた。ウィーン、ウィーン、という振動音も異様なら、くねる動きも妖しすぎる。

「素敵でしょう?」

咲恵は晴夫にささやくと、うっとりと眼を細めてヴァイブを見た。唇を割りひろげ、くねる先端を咥えこんでしゃぶりだした。晴夫には決してしてくれなかった、濃厚なやり方だった。浅ましいほど鼻息をはずませてしゃぶる表情が、身震いを誘うくらいいやらしかった。

さらに咲恵は、唾液に濡れ光る黒いヴァイブを自分の股間にあてがった。陰毛を透かせた極薄のナイロンの上から、くねる先端で感じる部分を刺激した。息をはずませ、喜悦に歪んだ声をあげて、快楽をむさぼりはじめた。

晴夫は呆然としていた。

呆然とするしかなかった。

エロティックすぎる咲恵の媚態《びたい》、はずむ呼吸音、ヴァイブの振動音、獣じみた匂い、それらが渾然一体となって、男の本能を刺激してきた。放置された男根は、爆発しそうなくらいに膨張《ぼうちょう》して、鈴口から涙にも似た先走り液を滲ませている。みずからつかんでしごきたてたくても、両手は背中で拘束されていた。叫び声をあげ、暴れだしたい衝動が何度となくこみあげてきた。

しかし、そんなことをしても欲しいものは得られない。逆効果だ。混乱しきった頭の中で、晴夫は自分がなにを欲しているかを考えた。それを得るためには、どういう方法をとればいいのか懸命に頭を絞った。

「も、もう勘弁してくださいっ……」

結局、下手に出る以外の方法を思いつかなかった。

「こ、これ以上の放置プレイは許してくださいっ……おかしくなっちゃいますよっ……ど、どうにかしてくださいっ……このままじゃ俺っ……俺、頭が変になっちゃいますっ……」

憐《あわ》れを誘うように、身をよじりながら訴えた。咲恵がドSなら、みじめな哀願こそが有効なはずだった。

しかし咲恵は、晴夫が欲しいものを与えてくれなかった。ベッドの上に立ちあがると、蟹股《がにまた》になって股間を出張らせ、オールインワンの下着のショーツに該当する部分を横に掻き寄せた。黒い茂みとアーモンドピンクの花びらを剝きだしにして、くねるヴァイブを突っこんだ。蟹股のまま、声をあげてよがった。品性の欠片もない行為に淫しているのに、下から見上げる彼女の姿は息を呑むほど神々しく、触れてはならない聖性を感じた。

「射精がしたいの?」

息をはずませながら、咲恵が訊ねてくる。

「したいっ……したいですっ……」

晴夫はいまにも泣きだしてしまいそうな顔で言った。自分のことが、空気を入れつづけられた風船に思えた。パンパンにふくらんで、いまにも破裂しそうな風船に……。

「ダメよ。もっと悶えなさい」

咲恵はどこまでも非情だった。極薄の黒いナイロンに包まれた足指が、晴夫の乳首に触れた。踏みにじられる屈辱を与えられたにもかかわらず、気持ちよかった。衝撃的な快感に、晴夫は全身を跳ねさせた。自分でも信じられなかった。ナイロンに包まれた足指が、肩や首を踏みつける。顎をくすぐられる。顔を思いきり踏みつけてほしいと強く願った次の瞬間、その願いは叶えられた。ナイロンに包まれた足裏からは蒸れた匂いがした。気がつけば、鼻を鳴らしてそれを嗅ぎまわしていた。

「いやねえ、足の匂いを嗅ぐのが好きなの?」

唇を歪めて言いながらも、咲恵は嬉しそうだった。表情が、恍惚とさえしていた。顔を踏みつけられて芋虫《いもむし》のごとくのたうちまわっている男を見るのが、楽しくてしかたないらしい。

「あなたいいわよ。可愛くなってきた。もっと可愛くなりなさい。そうしたら射精させてあげるから」

咲恵の言葉は、晴夫の体の内側にあるいちばん柔らかい部分をツンツンと刺激してくるものだった。パニックに陥《おちい》りそうなほどの歓喜を覚えた。どうすればもっと可愛くなれるのかはわからなかったが、どうやって射精に導かれるのかはなんとなく想像がついた。

踏まれるのだ。

ナイロンのざらつきを帯びた足の裏で、勃起しきった男根を思いきり踏まれてしまうのだ。

想像しただけで、気が遠くなりそうになった。神々しきエロスの化身に男根を踏まれて射精する衝撃は、いったいどれほどのものだろうか。きっと体が爆発してしまうような衝撃に違いない。ＳＭに淫する人たちの気持ちが、少しだけわかった気がした。男らしさを放棄し、サディスティックな女神にいじめられることには、たしかに快感があった。ドス黒く、屈折し、蔑《さげす》まれてしかるべき快感かもしれないが、たしかにそれは気持ちよかった。

しかし……。

サディスト咲恵の欲望は、マゾの快感に目覚めたばかりの晴夫の想像など、遥かに凌《りよう》駕《が》していた。

「そろそろイカせてあげましょうか？」

咲恵が言い、

「ああっ、お願いしますっ……」

晴夫は涙ながらに哀願した。

「イカせてっ……射精させてくださいっ……」

「じゃあ……四つん這いになりなさい」

咲恵は眼を輝かせて言った。

晴夫は一瞬、躊躇した。その格好が、男根を踏まれて射精に至るというクライマックスのイメージからはずれていたからだ。おまけに、両手を背中で拘束されているので、前につくことができない。ずいぶん不格好な四つん這いになってしまうだろう。

しかし、いまの晴夫にとって、咲恵の命令は絶対だった。やれと言われれば、どんな無理なこともやってのけてしまう境地にいた。

体を反転させ、尻を突きだした。顔をシルクのシーツに埋めこんだみじめな格好だったが、みじめさすらもいまは快感のスパイスだった。咲恵が背後で膝をつき、男根を握りしめてきた。強くも弱くもない絶妙な加減でしごきたてられ、尻の穴を舐められた。

晴夫はうっとりするほどなめらかなシルクのシーツに顔をこすりつけながら、恥も外聞もうっちゃって声をあげた。咲恵のやさしさに感動していた。極薄のナイロンに包まれた足の裏で勃起しきった男根を踏まれるような衝撃的なやり方ではなかったけれど、五体の隅々まで心地いい快感に支配された。とことん虐《しいた》げたあとの甘い射精。まさに飴《あめ》と鞭《むち》と言っていいだろう。狂ってしまうかもしれないと思った。ウルトラリラックスのセールス云々の問題ではなく、商売の話など抜きにして咲恵の奴隷《どれい》になりたいと本気で思った。

だが。

ふっと気を抜いた瞬間、後ろから衝撃が襲いかかってきた。いまのいままで生温かい舌が這いまわっていた部分に、硬いものがむりむりと入ってきた。一瞬、なにが起こったかわからなかった。尻の穴に火がついたような衝撃が、思考回路をショートさせた。

「どう？　女みたいに犯される気分は」

咲恵がサディスティックな高笑いをあげる。

「お尻の穴、とってもひろがってるわよ。切れちゃうかもしれないわねえ。動いたりしたら切れるから、じっと受けとめてるんだよっ！」

晴夫はシルクのシーツに押しつけた口から、断末魔の悲鳴をあげた。ヴァイブを尻の穴に突っこまれたのだと、ようやく理解した。信じられなかった。振り返って文句を言いたかったが、尻の穴が本当に切れてしまいそうで体を動かすことはできなかった。動くかわりに悲鳴をあげた。野太い声で泣き叫ぶほどに、咲恵の高笑いは甲高くなっていく。

「ほーら、ほーら。入っていくわよ。ずっぽり入っていっちゃうわよ」

ヴァイブを操りながら、男根をしごいてくる。苦悶と快楽に翻弄《ほんろう》され、晴夫は泣いた。幼児のように泣きじゃくった。すくめた体が、怖いくらいに震えていた。尻の穴を長大なヴァイブで犯されるのは苦しいのに、男根は限界を超えて硬くなっていく。それをしごく咲恵の手つきが、どんどんいやらしくなっていくからだ。

あっ、と思った。

ダムが決壊し、奔流《ほんりゅう》に呑みこまれるように、晴夫はなにかに溺れた。肉の悦びと言うにはあまりにも衝撃的な快感に、五体を揉みくちゃにされてしまった。

第五章　傷の舐《な》めあい

1

「おめでとう、やったじゃないっ！」

彼女の心からの笑顔を見るのはもしかしたら初めてかもしれない、と晴夫は思いながら麗子に相対していた。

オフィスには智恵美も優奈も揃っていて、ふたりとも笑っている。美女が三人手放しで笑っていると、これほど雰囲気が華やぐものなのだ、と感動してしまう。もちろん、晴夫自身、笑顔を浮かべていた。咲恵の会社から五台の注文が入ったのだから、笑顔にならないわけがない。

だが、美女三人とは違い、自分の笑顔はさぞやひきつっていることだろう。意識して笑顔をつくっていないと、哀愁《あいしゅう》を漂わせた遠い眼になってしまいそうだった。

咲恵はやさしい女だった。

約束通り、昨日の今日で注文の連絡を入れてくれた。

昨夜の事後もそうだった。アナルヴァージンを奪われて落ちこんでいる年下の男に、ぬるい風呂を用意してくれ、風呂あがりには肛門に軟膏《なんこう》を塗ってくれた。心身ともにショック状態に陥っていた晴夫が涙を流せば、きつく抱きしめてくれた。そこには男に対する愛憎の炎をたぎらせるサディストの面影《おもかげ》はもうなかった。すべてを受け入れてくれる聖母のような慈愛に満ちた表情で、涙を流す晴夫の頭をいつまでもやさしく撫でてくれた。

彼女に対する恨みはない。

騙し討ちのような格好でアナルヴァージンを奪われたからといって、文句を言う気などありはしない。

だが、魂が抜け落ちてしまったような、言いようのない喪失感にとらわれてしまったのは事実だった。今日は一日、仕事にならなかった。外まわりをしているふりをして喫茶店を何軒もはしごし、尻に残った違和感に震えていた。

「壮観ね、こうして見ると！」

はしゃぎながら壁に赤い薔薇を刺している麗子を眺めて笑顔を浮かべながらも、心から笑えなかった。昨日と今日、たったの一日で自分が別人になってしまった気がした。アナルセックスくらいでなにを大げさな、と言う向きもあるかもしれない。たしかにそうだ。

女が生まれて初めてセックスをしたのとはわけが違うのだ、と頭ではわかっていても、体の芯に力が入らなかった。必死になって足を踏ん張っていないと、その場にへたりこんでしまいそうだった。

「これで、残りあと二十台ね」

八十の赤い薔薇を背負って麗子が言った。

「期限までは三週間を切っているけど、わたしたちならやれると思う。目的を達成して、会社を見返してやれるって、そう思う。森山くんの頑張りのおかげで、予感が確信に変わりました」

麗子はまぶしげに眼を細めて、部下たちの顔をゆるりと眺めた。

「もしよかったら、これからみんなで飲みにいかない？　森山くんが頑張ってくれた祝賀会。おいしいお酒を飲んで英気を養って、明日からのラストスパートに備えるの。わたしがご馳走《ちそう》するから、どうかしら？」

「……すいません」

麗子がそんなことを言いだしたのは初めてだったが、

優奈が申し訳なさそうに小さく手をあげた。

「わたし、今夜は予定がありまして……」

銀座のクラブでアルバイトなのだろう、と晴夫は思ったが黙っていた。

「ごめんなさい、わたしも……」

智恵美も小さく手をあげた。

「ちょっと体調が悪いので、早く帰って休みたいです……」

「……そう」

麗子は残念そうに溜息をついた。

「急な話だし、しかたがないわね。じゃあ、ふたりで行きましょうか、森山くん。わたしが沢口さんや仲村さんのぶんも盛りあげるから……」

気を取り直して明るく声をかけてきたが、

「すいません」

晴夫は頭をさげた。

「僕もちょっと今夜は先約がありまして、次の機会にお供します」

先約などなかったし、麗子のがっかりした顔を見ると胸が痛んだが、今夜はひとりになりたかった。降りたことのない駅の、入ったことのない居酒屋に入り、酔いつぶれるまでひとりで飲みつづけるつもりだった。

定時でオフィスを出た。

家路を急ぐサラリーマンたちが、次々に晴夫を追い抜いていく。晴夫はどちらかと言えばせっかちなほうで、信号が青になった瞬間、真っ先に飛びだしていくタイプだったが、今日は尻が気になって早足で歩くことができないのだった。肛門が切れたわけではないし、痛みがあるわけでもないのだが、ヴァイブで貫かれた感触が、まだ生々しく残っているのである。

情けなかった。

自分だって麗子を相手にサディスティックに振る舞ったことがあり、彼女の尻が真っ赤に腫れるほど平手で叩いた。麗子は翌日、尻が痛くてしかたがなかっただろうが、元気だった。激しいオルガスムスでエネルギーは充電完了、という風情《ふぜい》でバリバリ働いていた。それにひきかえ自分はどうだ。せっかくの麗子の誘いを断り、内股で歩きながらまわりのサラリーマンに次々追い抜かれている。五台の契約を勝ちとったというのに、これではまるで敗残者ではないか。

「森山さん」

駅前の信号待ちで、後ろから声をかけられた。

智恵美だった。晴夫のほうが先にオフィスを出たのだが、のろのろ歩いているうちに追いつかれてしまったらしい。

「今日はこれから、どこに行くんですか？」

智恵美に訊ねられ、

「えっ？　いや、その……」

晴夫は口ごもった。

「本当は、先約なんてないんでしょう？」

「いや、それは……」

苦笑がひきつる。

「いいんです。わかりますよ。わたしだって、予定なんて別にないし。ただ、みんなと飲みにいく気分じゃなかっただけで……」

「……そうなんだ？」

晴夫はひとつ、溜息をついた。

「こっちも、まあ、似たようなもんさ。課長のことが嫌いってわけじゃないよ。そうじゃないけど、今夜はなんとなく……」

「課長のこと、好きですか？」

智恵美が晴夫の言葉を遮《さえぎ》って訊ねてきた。

「えっ?　ああ……好きっていうか、尊敬してるよ。匙を投げてもおかしくないポジションを押しつけられたのに、みんなのために頑張ってくれて」

「そうでしょうか?」

智恵美の顔が険しくなる。

「わたしは、そんなふうには思えませんけど……」

信号が青に変わり、人波が動きだした。立ちすくんだままだった晴夫と智恵美は、後ろから来た人々にぶつかられ、信号の端に追いやられていく。

「今日だって、ひどいですよ。森山さんが契約をとれたことはすごいと思いますけど、子供みたいにはしゃいじゃって祝賀会なんて……わたしのときには、鬼みたいな顔して『謝らないから』なんて言ってたくせに……」

「いや、それは……」

晴夫は麗子の本心を伝えたかったが、言葉が口から出てこなかった。お互いに動けないまま、信号が赤に変わった。近づいてきたクルマにクラクションが鳴らされるまで、ふたりともその場に立ちすくんでいた。

2

十五分後、晴夫と智恵美はカラオケボックスの個室にいた。

歌を歌うためではない。用事がないならちょっと飲んでいかないかと晴夫が誘い、どうせなら静かなところで話がしたいからカラオケボックスがいいと智恵美が望んだからだった。

カラオケボックスの個室は、それほど静かなところではなかった。歌を歌っていなくても、アップテンポのＢＭＧがかかっているし、まわりの個室から歌声や歓声が聞こえてくる。

だが、静かではない一方で、秘密の話にはもってこいの場所だった。誰かの悪口も、下半身まわりのきわどい話題も、ここならば聞き耳を立てられる可能性はほぼない。

テーブルには生ビールのジョッキがふたつと、鶏の唐揚げと枝豆とコーンバターが置かれていた。晴夫も智恵美も手を伸ばそうとはしなかった。智恵美は個室に入るなり思いつめた顔で押し黙り、ドリンクやフードは晴夫が適当に頼んだものだった。

「課長になにか不服があるの？」

晴夫は水を向けてみた。

「あるに決まってるじゃないですか」

智恵美は横顔を向けたまま、いつもより一オクターブも低い声で答えた。

「やっぱり、セクハラを容認してるから?」

智恵美はコクリとうなずき、

「いくらなんでもやりすぎだと思います」

そう言って唇を嚙みしめた。

「再来週、また大事な接待の予定があるって話、聞きました?」

「いや……」

晴夫は今日一日外に出ていて、オフィスにいたのは先ほどの三十分ほどだけだった。咲恵の会社から五台の注文があったことで麗子がはしゃいでいたので、他の話はなにもしていない。

「大病院の院長先生と温泉旅行なんですって。沢口さんも仲村さんも予定を空けといてね、なんて課長は黄色い声で言ってましたけど、わたしは目の前が暗くなりました……また枕営業させられるって、全身に鳥肌がたちましたもん」

「そんな話があったのか……」

晴夫は唸るように言った。なるほど、智恵美の意見は間違っていない。期限が迫る中、是が非でも目標の百台を売ろうとしている麗子のことだ。相手が智恵美と寝たいと言えば、泣いて土下座してでも智恵美を説得しようとするだろう。

山奥の温泉宿というのが厳しい。逃げたくても逃げ場もない。智恵美は泣く泣く枕営業を受け入れるしかなくなるだろう。

大病院の院長ともなれば高齢で、普通なら若い智恵美がセックスなどするはずがない相手だ。おぞましさしか感じられない暗黒の時間を、彼女は再び送ることになるのである。

「わたし……もう会社辞めたい……」

智恵美は深い溜息をつき、両手で顔を覆った。グレイのスーツを着た肩が震え、ナチュラルカラーのストッキングに包まれた両脚も震えていた。いまにも号泣が始まりそうな予感に、晴夫は焦った。

「気持ちは……気持ちはわかるよ……枕営業なんてまともなやり方じゃないって思ってたし、セクハラ・ウエルカムな課長の態度だって決して褒められたものじゃないと思う。でも……でもさ、いま辞めちゃうのはどうなんだろう？　ここまで頑張ってきたことが、水の泡になっちゃわないか？　なんて言うかその……ホント悪いと思ってるけど、智恵美ちゃんが頑張ってくれたおかげで、成増社長から三十台の契約をとったわけじゃないか。キミの手柄だよ。俺たちみんな感謝してるし、いま現在八十台までできてるんだよ。もうちょっとじゃないか。あと二十台売れれば、希望の部署に移れるんじゃないか。それを誰よりも望んでいたのが、智恵美ちゃんじゃないか……」

智恵美が顔から両手を離した。縁が赤くなった眼で睨まれた。

「わたしがあの夜……成増社長とふたりきりにされて、なにをされたのか教えてあげましょうか?」

晴夫はたじろいでしまいそうになった。眼を吊りあげた智恵美から、妖気にも似た恐ろしいオーラを感じたからだ。

「ただ抱かれただけじゃありませんからね。ただ抱かれるだけだっておぞましいのに、とんでもないことばっかり要求されて……」

感極まってしまったらしく、智恵美は言葉を途中で切った。成増相手に枕営業をしたあと、彼女は気丈に振る舞っていた。たしか、成増社長にやさしくしてもらったというようなことまで言っていた。薄々勘づいていたが、あれはやはり嘘だったのだ。

晴夫は智恵美を誘ったことを後悔していた。課長の悪口なら、自分が聞き役をすることでガス抜きができればいいと思った。しかし智恵美は、あの夜に起こったことを話そうとしている。自分がどれだけ恥辱にまみれたか、怒りにまかせて告白しようとしている。

聞きたくなかった。自分の小さな胸だけにしまっておくにはつらすぎる記憶で、吐きだしてしまいたいのかもしれないが、聞かされるほうはたまったものではない。ただでさえ今日の晴夫は元気がなかった。アナルヴァージンを奪われたショックからまだ立ち直れていないのに、智恵美の背負っている重い荷物まで背負《せお》ってやることができそうにない。

だが、智恵美はすでに話す気満々になっていた。眼つきがおかしかった。辱められた記憶をすべてぶちまけることによって心を浄化するのだという、悪魔的な意志を感じた。

「みんなが帰ったあと……」

小さな声で、けれどもしっかりした口調で語りだした。

「成増社長に勧められて、わたしはお風呂に入りました。高級料亭って、旅館みたいなものなんですね。泊まれもすればお風呂場もあって、もちろん常連さんしか使えないんでしょうけど、総檜《ひのき》張りの立派なお風呂場に通されました。なんとなく想像はつきましたけど、あとから成増社長が入ってきて……湯船に浸かってたわたしは出るに出られなくなっちゃいました。おまけにお酒を飲んでたからトイレに行きたくなっちゃって……ずっと我慢してたけど我慢にも限界があるわけで、タオルで体の前を隠しながらお湯からあがって、お風呂場からも出ていこうとすると、どうしたんだ？　まだ体を洗ってないだろうって社長に言われました。わたしはおしっこしたいのとのぼせて頭が朦朧《もうろう》としてたからうまく取り繕うこともできなくて、正直にトイレに行きたいって言いましたよ。そうしたら社長は眼の色を変えてね。おしっこならわざわざトイレにいく必要はない、ここですればいいなんて真顔で迫ってくるんです。わたし困っちゃって、だっておしっこするところなんて、好きな人にも見せたことがなかったもの。そんなものを見たがる変態と付き合ったことがないっていうか。言われたらたぶん、百年の恋だって冷めちゃうと思いますけど。でも社長はしつこくて、出入り口の前に立ちふさがってて、わたしは我慢の限界をとっくに超えてたし、もうどうだっていいやって投げやりな気持ちで了解しました。軽蔑しましたか？　女はね、好きな男の前ではトイレなんて行きませんって顔をしてても、嫌いな男の前ではおしっこだってできる生き物なんです。もちろん恥ずかしいし、そんなことをさせる社長のことを一生恨んでやるって思いましたけど。涙眼で睨みながらしゃがもうとすると、社長はちょっと待てって言いだして、なにをするかと思えば、お風呂場の床にあお向けになったから驚いちゃいました。せっかくだから僕の顔におしっこをかけてくれ、ですって。わたし、あんまり驚いてその場で失禁しそうになりました。すればよかったかもしれない。そうすればあんなこと……あんな恥ずかしいこと、しなくてすんだんだから……」

智恵美の表情は羞恥と憤怒が目まぐるしく入れ替わり、声は震えっぱなしだった。

晴夫は言葉を忘れた人形のように、ただ黙して座っていた。喉がカラカラに渇《かわ》いていたが、生ビールのジョッキに手を伸ばす気にはなれなかった。その黄色い液体が小便に見えたからではなく、少しでも話の流れをとめるようなことをすると、智恵美が怒って暴れだすような気がしたからだ。

「わたしはね、成増社長の顔の上でしゃがみましたよ。もちろんあそこを丸出しで……自分の股の下にある男の顔を眺めながら、おしっこを出す覚悟を決めるまでの十秒くらいの間に、いろいろなものを捨てました。諦めたって言ったほうがいいかな。普通の女の子でいられなくなると思ったけど、我慢できなかったから太腿をぶるぶる震わせながら出しました。あーわたし終わった、って感じです。最初はチョロチョロだったけど、すぐに勢いよく噴きだして、社長の顔にかかったんだけど、社長はたじろぐどころか口を開けてわたしのおしっこを飲みはじめて……」

「飲んだのか？」

晴夫は思わず声をあげてしまった。放尿を顔に受け、それを飲むようなアブノーマルプレイに興味はなかったが、そのときの智恵美の恥ずかしがっている表情を想像すると、勃起しそうになってしまった。

「はい、飲みました。ガブガブって感じで。自分でもびっくりするくらいたくさん出たから、全部は飲めなくて、口からこぼれたおしっこが首とか肩とか胸とかにかかって、アンモニア臭がお風呂場のむんむんした熱気の中に漂って、わたしは死にたくなるくらい恥ずかしかったけど、社長の顔は恍惚としてました。ああ、恍惚とした顔ってこういうことを言うのね、って見本みたいな感じで……ねえ、森下さん？　あなたそのとき、なにしてました？　わたしが人生最大と言ってもいいような恥ずかしさの渦中《かちゅう》にいて、変態性欲者の餌食《えじき》になって泣くこともできないくらいのショック状態で、迷子になった子供みたいにただ震えるばっかりだったとき、なにしてました？　課長や仲村さんとお酒でも飲みにいって、鬱陶《うっとう》しい接待の席から解放された清々しい気分を満喫《まんきつ》してましたか？」

涙眼で睨みつけられ、

「い、いや……」

晴夫はひきつった顔を左右に振った。

「電車に乗ってまっすぐ帰ったけど……まさか……まさか智恵美ちゃんがそこまでひどい仕打ちを受けているなんて……思ってなかった……ごめん」

智恵美は晴夫から眼をそむけると、生ビールのジョッキをつかんで一気に三分の一ほど飲み干した。喉が渇いていたというより、ビールと一緒に涙を飲みくだしているような、そんな飲み方だった。

3

智恵美が成増の顔にまたがり、飲尿プレイの餌食になっているとき、晴夫は麗子とラブホテルの部屋にいた。枕営業を押しつけてしまった智恵美に対する罪悪感に耐えきれず、贖罪の儀式というわけのわからない理屈をつけて、麗子と立ちバックで繋がっていた。罰を与えるという名目のもと、スパンキングセックスを楽しんだ。麗子はイッた。たぶん五、六回はオルガスムスに達した。晴夫も異様に興奮し、会心の射精を果たした。

つくづく智恵美に申し訳なかった。

だがあのときは、快楽に逃げこまなければ心が潰れてしまいそうだったのだ。愛でもなく、恋でもなく、欲望の発露でもなく、あのセックスはまさに逃避だった。逃げずにいられなかった。

もちろん、智恵美に悪いという自覚はあった。麗子には、なおさらあっただろう。だから許してほしい。どうか勘弁してほしい……。

「お風呂から出ると……」

智恵美は話を続けるつもりのようだった。もうやめてほしかったが、晴夫にやめさせる権利はなかった。どんなに罪悪感を揺さぶられても、最後まで話を聞く義務があった。これこそが本当の贖罪の儀式かもしれない。

「ふたりで浴衣《ゆかた》を着て、部屋に戻りました。布団が敷かれている部屋に……僕はロマンチストだからなんて社長は気持ちの悪いことを言いながら、蛍光灯を消して、枕元の行灯《あんどん》ふうの照明だけを残した薄暗い中で、セックスが始まりました。知ってると思いますけど、わたしはけっこう不倫でトラブルを起こしていて、どうしてそんなことになってしまったのかと言うと、四十代とか五十代のねちっこいセックスが好きだからです。味をしめてしまったら最後、若い男の排泄じみたやり方に耐えられなくなっちゃったんです。だけど六十代後半、古希も間近な成増社長のやり方は、ねちっこいのを通り越して執念すら感じるほどしつこかった。おっぱいだけで三十分は吸われていたし、頭のてっぺんから爪先まで舐めまわされて、クンニなんてもう、朝まで続くんじゃないかってくらい延々と続いて……わたしは彼の舌先でクリを舐め転がされてイキました。たぶん三回は……軽蔑しましたか？　しましたよね？　わたしも自分に幻滅しましたから。あんなおぞましい老人に舐めまわされてイッちゃうなんて、最低の女だって泣きそうになりました。マグロでいられれば、まだ救いもありました。社長も白けて、案外すぐにわたしを帰してくれたかもしれません。でも、わたしがあんまりよがるものだから、スイッチが入っちゃったみたいです。舐めるだけじゃなくて、中を指で掻き混ぜられて、潮まで吹かされて失神しそうになって……気がつけば社長のものを口で咥えてました。わたし、フェラは愛情表現だと思ってるんです。女にできる最高の……だから、あの日はしないつもりでした。苦手だって言って、頑《かたく》なに拒否しようと心に決めてました。でも、わたしは涎を垂らしながら、浅ましいほど熱心に社長のものをしゃぶってしまいました。自分に幻滅第二弾です……」

智恵美は深い溜息をつき、唇を震わせた。サクランボのように肉感的な唇は、彼女の可愛らしさの象徴だった。その唇が、成増のごとき狒々爺の男根を咥えていたのが信じられない。絵図を想像すると寒気を覚える。

「わたしはもう、息絶えだえでした。そのオチンチンが愛している男のものではないって判断することもできないくらい、意識が朦朧としていました。年のせいでしょう、社長のオチンチンはフル勃起というわけにはいかないらしくて、芯はあるんですけど、表面が柔らかかった。でも、少し強めに吸ってあげると、ちゃんと硬くなる。柔らかくなったり、硬くなったり、波があるんですね。わたしはコツをつかんで、けっこう硬くしてあげました。もちろんそんな自分に絶望しましたが、社長はタコ踊りでも始めそうな勢いで喜びました。脂ぎった笑みを浮かべてわたしを四つん這いにして、後ろから挑みかかってきました。やっぱりそれほど硬くなかったですけど、なにしろクンニで三回イカされて潮まで吹かされてましたから、入れられただけでわたしは半狂乱です。髪を振り乱してひいひいよがり泣いちゃって、あの姿が隠しビデオとかで撮影されてたりしたら、たぶんわたしは自殺します。四つん這いだから社長の醜《みにく》い顔は見なくてすんで、そのせいで恥ずかしいくらいよがり泣いてしまったんですが、あんな男に犯されている自分の姿を動画で見せられたりしたら、生きていけないと思います。わたしがあんまりよがるんで、社長は興奮したみたいでした。でもお年だから、迫力ある連打はできないんです。その代わり、経験豊富な彼は別の手でわたしを責めてきました。スローピッチでピストン運動をしながら、左右の乳首をつままれました。次にクリトリスです。慣れているというほどではないですが、そういうことをされた経験がわたしになかったわけではありません。でも指使いが異常にねちっこいんで、虜になっちゃうくらい感じました。でも……その次に社長は、お尻の穴に指を入れてきたんです……」

「……えっ?」

晴夫ははじかれたように背筋を伸ばした。心臓が跳ねあがり、にわかに早鐘を打ちはじめた。

「どうかしましたか?」

智恵美が訝《いぶか》しげに眉をひそめる。

「いや、なんでも……」

晴夫は苦笑で誤魔化したが、尻の穴が疼きだした。

「びっくりしましたよ、もう。いきなりお尻の穴に指を入れられたんですから。そんなことされたの、もちろん初めてだったし……どうだ、こうすれば締まりがよくなるだろう？って社長は言いました。たしかにそんな感じがしました。あとで調べてわかったことですが、前の穴と後ろの穴って括約筋《かつやくきん》っていう八の字の筋肉で結ばれていて、お尻の穴に力を入れると前の穴も締まるみたいです。指を入れられたら、当然力がこもって締まりますね。それに釣られて前の穴も締まって、柔らかかったオチンチンがビンビンに硬くなったんです。わたしは泣きました。お尻の穴に指を入れられるなんて、とんでもないことをされてしまったっていう涙ではありませんでした。そういう気分も少しはありましたが、大半は気持ちがよすぎたせいでした。泣きじゃくってしまうくらいの快感があとからあとから押し寄せてきて、なんていうかターボチャージャーがかかったみたいな感じになって、続けざまにイキました。イキまくるっていうのはこういうことなんだなって思いました。発情した牝犬ってこんな感じなのかしらとも思いました。もちろん、冷静にそんなことを考えていたわけじゃなくて、すごいとか気持ちいいとかおかしくなっちゃうとかまたイッちゃうとか恥ずかしい言葉をめちゃくちゃに叫びながら、絶え間なくいやらしい悲鳴をあげて、ハアハア息をはずませて、シーツに水たまりができそうなくらいお汁をたっぷり漏らしながら、ちょっとだけ頭をよぎったって感じですけどね。死ぬかと思いました。これが本当のセックスの快感なら、いままでそうだと思ってきたのは偽物《にせもの》だったのかもしれないって……でも、終わってからがつらかった。社長はわたしのお尻の丘に精子をぶちまけたあと、ちゃんとティッシュで拭ってくれて、お汁を漏らしすぎたところもきれいにしてくれたんですけどね。わたしは呼吸が整っても半失神状態で、しばらくの間、呆然としていました。普通のセックスなら、余韻と幸せを嚙みしめる桃色に輝いている時間です。でもわたしは、わけがわからないくらい不安になって、なんていうんでしょうか、ちょっと説明のつかない巨大な喪失感に恐怖しました。ヴァージンを失くしたときだって、こんなに淋しい思いをしたことがないっていうくらい……どうかしましたか？」

不意に智恵美が心配そうな眼を向けてきて、

「えっ？　ああ……」

晴夫は視界が霞《かす》んでいることに気づいた。頰を触ると濡れていた。いつの間にか泣いていたのだった。

「森山さん、やさしいんですね？」

申し訳なさそうに、智恵美が小声で言う。

「なんていうか、その……わたしも同情を誘うような言い方で話してましたけど、まさか泣いてくれるなんて……」

「いや……」

晴夫はこめかみを押さえてうつむいた。涙を抑えようと思ったが、目頭が熱くなっていくばかりでとてもおさまりそうになかった。

「そ、そうじゃないんだ……もちろん同情もしてる……罪悪感だってたっぷりある……でも……でも、それだけじゃなくて……俺もその……似たような目に遭ったばかりだから……」

「どういうことですか？」

「昨日のことだよ……」

話すべきではない、ともうひとりの自分が言っていた。話しても傷口に塩をすりこむだけだとわかっていた。しかし、話すのをやめると、嗚咽がこみあげてきてしゃくりあげてしまいそうだった。

「俺も……俺も枕営業をしたんだ……」

「じゃあ……」

智恵美が眼を見開く。

「今日の五台の発注は、もしかして……」

「そうなんだ。体を張ってとってきた契約なんだ。女性陣にばかり頼るわけにいかない。俺もなんとかしないとって奮いたって……」

「とんでもないお婆さんを抱いたとか？」

「いや、そうじゃない。四十代半ばだからおばさんって言えばおばさんだけど、結婚もしないで仕事に邁進《まいしん》してる実業家だから、それなりに綺麗なんだ。経営してるのがネイルサロンに美容院だから、だらしない容姿になるわけにいかないだろうしね。だから見た目はべつにいいんだ。でも……でも性格がドSだった。男をいじめるのが大好きな人だったんだ……」

晴夫が言葉を切ると、重苦しい沈黙が訪れた。部屋には絶え間なくアップテンポのBGMがかかっているはずなのに、それさえ消えてしまったような気がした。顔をあげると、智恵美が息を呑んでこちらを見ていた。

「どんなふうに……いじめられたんですか？」

掠《かす》れた声で訊ねられた。

「聞きたいかい？」

コクリとうなずく。

晴夫は生ビールのジョッキに手を伸ばした。泡がすっかりなくなり、温《ぬる》くなって、生きているのが嫌になるほどまずかった。

「俺は……俺は、女に尻の穴を犯された男なのさ」

おどけたような口調で、なるべくライトに言ってみた。

「こんなぶっといヴァイブレーターでね、アナルのヴァージンを奪われてしまいました。四つん這いになってチンポをしごかれながら入れられてね。それまでも、オナニーをさせられたり、延々フェラチオされたりしてたからさ、俺は異様な興奮状態で、すぐにでも出してしまいそうな感じだったんだ。そこにヴァイブだよ。よく入ったなってくらいでかいやつが、尻の穴を埋め尽くしたんだよ。恥ずかしいけど気持ちよかったよ。相手はドSだから、そこからもまた延々と焦らされたんだけど、射精した瞬間、体が爆発したかと思ったもの。半日小便を我慢してようやくトイレに駆けこんだみたいに、白いやつがドドバ出てね。たぶん、いつもの倍以上じゃないかと思う。間違いなくいままで遂げた射精の中で最高に気持ちよかったんだけど……やっぱり終わってからがきつかった。はっきり言っていままでもきつい……今日一日ずっと考えてたんだけど、最高のセックスっていうのはたぶん、肉体の興奮と精神の安定なんだ。体はめちゃめちゃ興奮してるのに、そんな状態になってる自分を愛してくれてる相手がいるっていう安心感で成り立ってるんだ。でもさ、智恵美ちゃんもそうだと思うけど、肉体の興奮はあっても精神の安定がないのはつらいんだ。終わったあとにさ、汗まみれの体でしがみつきあうような……髪を撫でたり、軽いキスをしたり、そういう相手がいないとさ、精神だけが置いてけぼりにされて、心にぽっかり穴が空いたみたいになっちゃうんだ……」

智恵美は何度もうなずきながら聞いている。猫のように大きな眼が歪んで、黒い瞳が潤んでくる。

「……泣くなよ」

「……森山さんこそ」

「……泣くなって言ってるだろ」

「……そっちこそ男のくせに泣かないで」

気がつけば、晴夫と智恵美は抱きしめあって涙を流していた。大の大人とは思えないような子供じみた泣き方だった。流れた涙を拭うことも忘れ、おいおいと泣きじゃくってしまった。

4

嗚咽がようやくおさまってくると、晴夫と智恵美は見つめあった。

お互い照れ笑いを浮かべながら、視線をぶつけあい、からませあった。月が雲に隠れるように、笑いが消えていった。唇と唇が吸い寄せられていった。お互いすぐに口を開き、情熱的に舌をからめあった。一足飛びにキスが深まり、体をまさぐりあいはじめた。

これもまた、精神の安定とは程遠いセックスになるだろう。

そんなことはわかりきっていたが、求めずにはいられなかった。応えずにもいられなかった。ねちっこく舌をからめあい、唾液を啜りあった。智恵美がネクタイをほどいてくる。晴夫の右手は智恵美のジャケットのボタンをはずしおえ、ブラウスのボタンに取りかかっている。

ふたりの服が乱れていく。口づけを続けながら、晴夫は智恵美のブラウスの中に手指を忍びこませた。生々しいベージュ色のブラジャー越しに、胸のふくらみを揉みしだいた。

頭の中にフラッシュバックしているのは、智恵美が成増の顔にまたがり、ゆばりを迸《ほとばし》らせているところだった。狒々爺に全身を舐めまわされて四つん這いにされ、バックから突きあげられているところだった。そうしつつ尻の穴に指を入れられ、ひいひいとよがり泣いている彼女だった。そしてその、四つん這いの智恵美が、自分にメタモルフォーゼしていく。自分が成増に犯されているイメージが脳裏を支配していく。

おぞましいばかりのイメージだったが、不思議な高揚感があった。よく似た経験を共有している事実が、愛おしくてしようがなかった。智恵美もまた、そうなのかもしれない。

唾液と唾液を交換するような深いキスを続けながら、ズボン越しに股間をまさぐってきた。ベルトをはずし、ファスナーをさげて、勃起した男根を取りだした。乱れた服を気にもせず、ソファの上で四つん這いになると、それを口に含んだ。鼻息をはずませ、したたかにしゃぶりあげてきた。

快感がしみた。

先ほど彼女は言っていた。フェラチオは最高の愛情表現だと断言していた。つまり、たとえ刹那の間でも、愛情を感じてくれているのだ。胸が熱くなってくる。こちらも最高の愛情表現でお返ししなくてはいられなくなる。

「一緒にしよう」

晴夫が言うと、智恵美は顔をあげてうなずいた。口のまわりについた唾液を拭いもせず、スカートのホックをはずしてファスナーをさげ、ストッキングとショーツを脱いだ。

ここはカラオケボックスの個室だった。さすがに全裸になるのは躊躇われたのだろうが、スカートを穿いたまま下着だけを脱ぐ彼女の姿はすさまじくエロティックだった。

晴夫のリードで、女性上位のシックスナインの体勢になった。突きだされたヒップが、晴夫の眼と鼻の先にきた。双丘を両手でつかみ、桃割れをひろげるとセピア色のアヌスが見えた。ここに成増の指が入り、掻き混ぜられながら前の穴にピストン運動を送りこまれたのだと思うと、身震いが起こった。さらに桃割れをひろげていけば、アーモンドピンクの花びらが見えた。小丘以外の繊毛をきれいに処理してあった。左右均等な花びらが行儀よく口を閉じ、縦に一本の筋をつくっている姿がいやらしくも清らかだった。

尖らせた舌先で、縦筋をなぞるように舐めあげた。男根は智恵美の口に含まれていた。吸いしゃぶられる刺激に身をよじりながら、何度も何度も縦筋をなぞった。やがて合わせ目が口を開き、薄桃色の肉層が渦《うず》を巻いている奥から、熱い蜜があふれだしてきた。それをまぶすように舌を動かした。花びらをしゃぶりあげ、クリトリスまで舌先を伸ばしていく。

智恵美が刺激に応えるように腰をくねらせ、ヒップを振ってきた。晴夫は先ほどから、セピア色のアヌスの存在が気になってしようがなかったが、触れないでおこうと思った。裏技を繰りだして性感をどこまでも研ぎ澄ませていくようなセックスではなく、お互いをいたわりあうような、ごく普通のセックスがしたかった。智恵美もきっと同じ気持ちだろう。男根に伝わってくる唇の動きは情熱的だったが、刺激はごくソフトだった。

シックスナインの体勢を崩した。

晴夫は智恵美をソファの上であお向けに倒すと、彼女の両脚の間に腰をすべりこませた。正常位の体勢だ。乱れたグレイのスーツからベージュのブラジャーをこぼし、M字開脚で草むらも花びらも露わにしている元お嫁さんにしたいナンバーワンは、あられもなかった。その姿をむさぼり眺めながら男根をつかみ、濡れた花園に切っ先をあてがっていく。

ゆっくりと入っていった。唇を重ね、舌をからめあいながら、時間をかけて結合を深めた。

いや……。

そのつもりだったが、すぐに我慢できなくなった。つんのめる欲望のままに最奥まで貫き、間髪《かんはつ》容《い》れずに動きだした。智恵美も同じ気持ちだったらしい。呼吸をはずませて晴夫にしがみついてきた。晴夫は突いた。智恵美の髪の中に顔をうずめて抱擁を強め、息をとめて連打を放った。

怒濤《どとう》のストロークに、智恵美が淫らな悲鳴をあげる。夢中になって身をよじり、少しでも摩擦感を強めようと股間を押しつけてくる。下から腰を使ってくるとは、ずいぶんいやらしいお嫁さんにしたいナンバーワンだ。しかし、いまはそのいやらしさが愛おしい。晴夫は突いた。突いて突いて突きまくった。

智恵美が泣く。手放しでよがり泣く。晴夫も声をもらす。刻一刻と高まっていく密着感が理性を崩していく。

ふたりは獣になった。

忘我の境地で腰を振りあう、一対の牡と牝になった。

クライマックスが性急に迫ってきた。智恵美はまだイキそうになかった。ピッチを落として彼女が高まるのを待つべきかどうか考えていると、

「いいよ……」

智恵美が潤みきった瞳で見つめてきた。

「出そうなんでしょ？　出してもいいよ……」

ハアハアと息をはずませながらも、どこまでもやさしい声でささやいた。

晴夫はうなずいた。なんとなく、そう思っていたところだった。欲望のままに最後まで一気に突っ走ってしまったほうがいいと……。

「飲んであげるから、口に出して……」

智恵美がサクランボのような唇を丸くひろげる。

晴夫はもう一度うなずくと鬼の形相になり、息をとめて連打を放った。まだイキそうになくても智恵美の締まりは充分で、突きあげるたびに男根に吸いついてきた。おまけに口内射精までさせてくれるらしい。目の前で息をはずませているピンク色の唇に欲情した。

したたかに最後の一打を突きあげて男根を抜くと、智恵美は上体を起こして男根を咥えこんだ。

「むっ！」

晴夫は真っ赤な顔で唸った。智恵美に吸われた男根が、限界まで膨張して欲望のエキスを噴射した。智恵美が吸ってくるせいで、発作《ほっさ》のテンポがいつもより速く、尿道が喜悦に焼けるようだった。うめきながら智恵美の髪に指を埋めこみ、身をよじった。ドクンッ、ドクンッ、と発作が訪れるたびに、痺れるような快感が体の芯まで響いてきた。

驚くほど長々と射精は続いた。

最後の一滴を漏らしおえると、晴夫はぐったりとソファに体を沈めた。天を仰ぎ、はずむ呼吸を整えた。整わないままに、智恵美を見た。蕩けきった眼つきで見つめ返される。

「悪かったな……」

気まずげに声をかけた。

「俺ばっかりイッちゃって……そっちはイカなかっただろう?」

「いいの……」

智恵美は笑顔で口許をティッシュで拭った。

「イクばっかりがエッチじゃないし」

年下とは思えない色香を振りまいて笑う。

晴夫も笑った。

「スローセックスならぬ、ファストセックスだな」

「ふふっ、そうよ。ジャンクな味のハンバーガーと甘味料たっぷりのコーラに、心癒やされるときもあるじゃない」

眼を見合わせて笑うと、扉の外を人が歩く足音がした。ここはカラオケボックスの個室だった。晴夫と智恵美はあわてて乱れた服を直した。

セックスはいいものだ——。

射精の余韻でピンク色に染まった頭で、晴夫は思った。愛じゃなくても、恋じゃなくても、男と女の間にセックスがあって救われた気がした。

5

「お待たせしました」

生ビールをふたつトレイに載せた店員が、個室に入ってきた。十代とおぼしき若い男の店員は、ジョッキをテーブルに置きながら訝しげに眉をひそめた。鼻を動かして匂いを嗅《か》いでいるような気がして、晴夫と智恵美は気まずげに顔を伏せた。冷えたビールが飲みたくなって注文し直したのだが、セックスの匂いや気配がまだ部屋に残っているのかもしれない。

店員が出ていくと苦笑を交わし、ビールを飲んだ。先ほど飲んだ生温い液体と同じ飲み物とは思えないほどおいしかった。五臓六腑にアルコールが染みこんでいくのがはっきりとわかり、二口、三口飲んだだけで酔ってしまった。

「なんだかすごくいい気分……」

智恵美の顔もすぐに赤くなった。

「なんか変な感じ。好きな人とするときとは、全然違う。森山さんのこと好きでもなんでもないのに、すごい燃えちゃった。イカなかったけど、とっても興奮した……」

「好きじゃないことを強調しすぎだよ」

晴夫は笑顔で言った。

「でも、俺も不思議な感じさ。終わったあと、もっと照れくさくなるかと思ってたのに、そうでもないし……」

「ふふっ、そうね」

ふたりの間に流れる空気は兄と妹のように親和的で、ほんの数分前まで性器を繋げていたことが、むしろ現実ではなかったようにすら思えた。

理由ははっきりしている。

体を重ねてみて、お互いにわかったのだ。この人と恋人同士になることは決してないだろう、と。それでも思い出は残る。体を重ねる前より、ずっと仲良くなれそうな気がしたし、それはおそらく気のせいではない。仲良くなれば、やさしくなれる。愛の反対は無関心だと言っていた咲恵なら、この不思議な感情をなんと名づけるだろうか。

あっという間に生ビールがなくなってしまった。今夜はとことん飲んで、酔いつぶれて眠りたかった。

だがその前に、どうしてもしておかなければならないことがある。

「会社、どうするんだい?」

晴夫の言葉に、智恵美の顔色が変わった。せっかくのいい気分を台無しにしないで、という眼つきで見つめられた。

「悪いけど、それだけは確認させてくれよ。辞めないだろ？　智恵美ちゃんが辞めないって言ってくれないと、気持ちよく酔っ払うことができないよ」

「会社は……辞めません」

智恵美は顔を伏せ、言葉を選びながら言った。

「やっぱり〈ライデン〉に未練があるし、元の部署に戻れるならそれに越したことはないし……あとはやっぱり、さっきの森山さんの話が……」

「んっ？　なんの話？」

「ヴァイブの話……」

智恵美はチラリと顔をあげた。

「ひどい目に遭ってるの、わたしだけじゃないんだなって……そうまでして頑張ってきたことを途中で放りだすのもどうかなって……課長のやり方はやっぱりおかしいと思うけど、他にどうすればいいのかもわからないし……」

「実は……」

晴夫は声を低く絞った。言おうかどうしようか逡巡《しゅんじゅん》していたことを、言ってしまうことにした。

「実はね、ひどい目に遭ってるのは智恵美ちゃんや俺だけじゃないんだ。課長もなんだよ……」

「どういう意味？」

「プロジェクトが発足した当初のことだよ。健康ランドとスーパー銭湯の経営者たちと接待ゴルフに行ったんだ。俺はゴルフできないからキャディーだったけど、課長はやる気満々で、すげえ短いスカート穿いてコースに出て……」

その後、三人のスケベオヤジたちに麗子が受けたセクハラについて、晴夫は詳細に説明した。

「ホントに？」

智恵美が眼を丸くする。

「課長、コースの途中でパンツ脱いじゃったの？」

「ああ。スイングするたびにお尻も前の毛も丸見えだった……」

晴夫は沈鬱《ちんうつ》な面持ちで眼を伏せた。ミニスカートがひらりとめくれ、白い桃尻が露わになった光景が脳裏に蘇《よみがえ》ってくる。

「それだけじゃないんだぜ。クラブハウスに行くと、家族風呂で背中流せなんて言われてさ。結局は背中どころか、股間まで洗わされることになって……その成果が、スタートダッシュの四十五台さ。枕営業のほうがひどいと思うけど、課長も課長で体を張ってたんだ」

「……そうだったんですか」

智恵美も沈鬱な面持ちになり、カラオケボックスの個室に重苦しい空気が垂れこめた。

「でも……」

智恵美が気まずげにささやく。

「課長がノーパンでゴルフしてるところ想像すると……なんていうか、その……笑っちゃいますね」

最後の台詞《せりふ》をひときわ小さな声で言った智恵美と、眼を見合わせた。四、五秒間の沈黙のあと、ほとんど同時にお互いプッと吹きだした。

「たしかに……たしかにそうなんだ……課長、真面目な顔してやってるから、よけいに滑《こっ》稽《けい》な感じになっちゃうんだよ」

智恵美は腹を抱えて笑っている。

「オヤジたちの股間を洗ったときもそうさ、『ありがとうございます、ありがとうございます』なんて言いながらチンチン洗っててさ、すげえ卑屈で見てられなかったんだけど……思いだすとおかしくてしょうがないときがあるよ。なんでかな？　あんまり美人だから、悲壮感が漂わないのかな？」

智恵美は笑いすぎてひぃひぃ言いながら、生ビールを飲んでようやく気分を落ち着けた。

「わたしたちも、早くそうなるといいですね」

「えっ？」

晴夫は首をかしげた。

「どういう意味だい？」

「だから……おしっこ飲まれちゃったとか、ヴァイブでお尻を犯されちゃったとか、笑い話になる日が早く来ればいい」

「ああ……ああ……」

晴夫は顔を輝かせてうなずいた。

「まったくその通りだ。考えてみれば俺なんて完全にギャグだよ。マッサージ機のセールスで枕営業して、ドSの女に尻の穴を犯されたなんて……」

「そのためには……」

智恵美は笑顔をひっこめ、まなじりを決して言った。

「目標の百台をなんとしても達成することですね。なんていうか、勝てば全部笑い話になる気がする。でも負けちゃったら……」

「まったくその通り」

晴夫も真顔でうなずいた。

「じゃあ、今日のところは、勝つための勢いつけるために、とことん飲もうじゃないか。もう一杯、生ビールでいい？」

智恵美のジョッキも空になっていた。

「わたし、ワイン飲んじゃおうかな」

メニューを手にして言った。

「よーし、俺も付き合う。ボトルでとろう、ボトルで。赤と白、一本ずつとっちゃおうか」

晴夫は壁にかかった受話器を取り、オーダーするための内線電話をかけた。

第六章　地獄の温泉旅行

1

人里離れた山間にその温泉宿はあった。

頭上に鬱蒼《うっそう》と茂った緑から午後の陽光がこぼれ、ただ息をしているだけで肺がきれいになりそうなくらい空気がおいしかった。静かにせせらぐ渓流《けいりゅう》にかかった橋を渡ったところが宿の入口で、着物姿の仲居が五人、整列して迎えてくれた。全室もれなく露天風呂付きの離れという、超高級旅館である。

ウルトラリラックス販売促進チームの四人は、東京から電車とバスを乗り継いでやってきた。いちおう人気の温泉郷の中に位置しているのだが、その宿のまわりは騒がしい家族連れや団体旅行客の姿は皆無《かいむ》で、いかにもセレブ御用達といった雰囲気がある。芸能人カップルがお忍び旅行に利用するような秘めやかなムードさえ、ぷんぷんと漂っていた。

通された離れの部屋は二十畳はあろうかという広々としたメインルームの他、寝室がふた部屋も付いていて、十人くらなら余裕で泊まることができそうだった。

本日の接待相手、坂下善一《さかしたぜんいち》はすでにいた。メインルームの座椅子で茶を飲みながら、浴衣姿でくつろいでいた。

「やあ、いらっしゃい」

にこやかな笑みを浮かべて手をあげた坂下は、小柄な好々爺《こうこうや》だった。いったいどれほどおぞましい狒々爺が手ぐすね引いて待っているのだろうかと身構えていた晴夫は、拍子抜けしてしまった。御年七十歳を超えるという坂下は、この温泉地から程近い地方都市にある大病院の院長をしているらしい。

「申し訳ございません。先に到着してお待ちしているつもりでしたのに……」

麗子が畳に膝をつき、頭をさげる。晴夫や智恵美や優奈もそれに倣《なら》う。全員がスーツ姿なので、風雅な雰囲気の部屋には不釣りあいだった。にこやかに笑う坂下とは対照的に、この接待に賭けているという意気込みが、全員の顔を引き締めて、異様な緊張感を放っている。

東京駅から乗りこんだ特急列車の中で、麗子はずっと落ち着かなかった。口を開けば「頑張りましょう」「これが最後のチャンスだから」と、同じ台詞をうわごとのように繰り返していた。

たしかにこれが最後のチャンスになりそうだった。

会社が区切った三カ月という期限まで、あと一週間。壁に飾られた小さな薔薇の花は八十から動いていない。このところ毎日のように、笠井がプロジェクトのフロアに顔を出していた。「残りあと〇日だねえ」とカウントダウンを告《つ》げ、「人間、諦めが肝心《かんじん》だよ、諦めが」と勝ち誇ったような高笑いをあげるためだった。

そのたびに麗子は、血が出そうなくらい強く唇を噛みしめていた。笠井の背中を見送りながら顔を真っ赤にして、握りしめた拳を小刻みに震わせていた。

部下にセクハラ接待を強要し、枕営業まで頼みこんだ彼女は、なるほど最低の上司だった。しかし、彼女にしても理不尽《りふじん》を押しつけられている。ふられた腹いせに、社内のダメ社員もろとも一掃しようという、笠井のドス黒い罠に嵌《は》まってしまった被害者でもあるのだった。

（すべてはこのお爺ちゃん次第か……）

晴夫は坂下をチラリと見た。

麗子が卑劣漢・笠井を見返し、プロジェクトメンバー全員がハッピーになるためには、目の前のお年寄りに是が非でもウルトラリラックスを二十台買ってもらわなければならない。他にはもう、大口契約の候補は残されていない。そのことは、麗子はもちろん、晴夫も智恵美も優奈も理解していた。ここが運命の別れ道、のるかそるかの大勝負なのだ。

「僕はせせこましい駆け引きが嫌いでねえ……」

坂下が言った。

「正味の話、何台の契約が必要なんだね？　この前の話じゃ、決算まで時間がないようなことを言っていたが……」

「はい……」

麗子は引き締めていた表情をますます引き締めて答えた。

「二十台ほど、なんとかしていただければ助かります。大変申し訳ないのですが、時間はもう一週間しかありません……」

「うむ、二千万か……一週間以内に二千万……」

坂下は眼を閉じて息を吐いた。

「なかなかごつい商談だな。医療機器でもないマッサージチェアに二千万……このあたりなら家が建つ値段だよ。それに、いくらうちが総合病院って言ったたって、二十台は多い。健康ランドじゃないんだから……」

「難しいですか……」

麗子は落胆を隠さずに言った。二十台でなければならないのが、つらいところだった。

極端な話、十九台買ってもらっても目標の数字に届かない。接待をする意味がなくなるのである。

（こりゃあもしかしたら……）

東京にとんぼ返りになるかもしれない、と晴夫は腹を括った。敗色濃厚というやつだ。

晴夫はともかく、麗子や智恵美や優奈は、悲壮な決意でここまでやってきているはずだった。それが、なにもしないままに敗北……。

もちろん、さんざん接待をさせられたあとに同じ台詞を言われるよりはマシだが、それにしても情けない結末である。

「ただまあ……」

坂下が声音を明るくして言った。

「ワシも老い先短いものでな。冥土《めいど》の土産《みやげ》が貰えるなら、二十台引き受けるのもやぶさかじゃない。あの世に金は持っていけんしね。いったんワシが買いとって、仲間の病院に話をつければなんとかなるだろう」

「縁起でもないことおっしゃらないでください」

麗子は眼尻をさげ、わざとらしいほど身をくねらせながら言った。

「老い先短いとか、冥土の土産とか、先生、まだそんなお年じゃないじゃないですか」

「いやあ、そろそろだよ……」

坂下は淋しげに苦笑した。

「少なくとも、男として生きていられるのは、あとほんのわずかだろうね。女を抱けずにただ生きている毎日を想像すると、いまから憂鬱でたまらないよ」

苦りきった顔でお茶を飲む。

「この年になって、つくづくわかったことがある。人生の悦びっていうのは、愛しあう悦びに他ならないってことだ。精神的な話じゃない、肉体的な話だよ。死んでも魂だけは残るかもしれない……残らないかもしれないが、それは死んでみないとわからない。だが、肉体は確実に消える。小さな壺に収まるくらいの骨になっちまう。だから、年老いたからといって、臆することなく肉体的に愛しあうことが大切だって、ワシは思うのさ。理性とか常識とかモラルとか、そんなものはうっちゃっておけばいいってね。たとえばここに美しい女性が三人いる。ならば三人同時に愛してしまってなにが悪い、そう思うわけだよ……」

仙人が神通力を語るような表情で坂下は言ったが、内容は単純明快で、４Pがしたいということだった。いい歳をして、三人まとめて相手をすると言っているのである。なんのことはない、見た目は好々爺でも、ひと皮剝けば恥知らずな糞爺だったというわけだ。

「どうかね？」

坂下が麗子を見た。

「あなた方が、冥土の土産に夢のような一夜をワシにプレゼントしてくれるというなら、条件も呑もうじゃないか。二十台、きっちり引き受ける。むろん、無理にとは言わない。この宿は温泉も料理も素晴らしい。それを楽しんで帰ってもらうだけでも、ワシはかまわないよ」

沈黙が訪れた。部屋は広々としているのに、にわかに空気の密度が上昇したかのように、息苦しくなった。

「……少し、お待ちいただけますか？」

麗子の言葉に、坂下がうなずいた。麗子は表情を凍りつかせている智恵美と優奈をうながし、奥の部屋に向かった。パタリと閉められた襖《ふすま》の奥でなにが起こっているのか、晴夫にはだいたい想像がついた。麗子は土下座している。涙ながらに部下に頭をさげ、一緒に恥をかいてくれと哀願している。

ここまで一緒に来たということは、智恵美も優奈もそれなりに覚悟を決めているはずだった。それでもいきなり４Ｐを求められるとは思っていなかったはずで、それは麗子だって一緒に違いない。だが、なんとかして説得しようとするだろう。それこそ、石に齧《かじ》りついても……。

坂下の申し出は呆れるほどに図々しいものだったが、同時にゴールも見せてくれた。手に届く距離に、ニンジンがぶら下がっているのである。今夜ひと晩我慢をすれば、会社を見返すことができる。子会社への出向はなくなり、好きな部署へと異動できる。

しかし……。

それにしても……。

涼しい顔でお茶を飲んでいる坂下を見て、晴夫は戦慄を覚えずにいられなかった。見た目は間違いなく好々爺と言っていい。薄くなった白髪をオールバックにした髪型には品があり、痩せて小柄な体を丸めて座椅子に座っている姿は、可愛いお爺ちゃんそのものだ。なのに、二十代、三十代の美女を相手に、4Pがしたいという。そのエネルギーに驚かざるを得ない。英雄色を好むと言うが、大病院を束ねる院長ともなれば、それくらい普通なのだろうか。医者は人間の体を知り尽くしている。年をとっても精力を保つくらい、朝飯前なのだろうか。あるいは、医者でなくてはできないような特別な精力剤でも調合して、服用しているのか。

襖が開いた。

眼の縁を赤く染めた麗子を先頭に、智恵美と優奈があとに続く。麗子は再び坂下の前で

膝をつくと、

「大丈夫です……」

上ずった声で言った。

「今夜はわたしたち三人で、精いっぱいの接待をさせていただきます。ですから……」

「わかっとるよ」

みなまで言うなという表情で、坂下は麗子を制した。

「ウルトラリラックス二十台、この坂下善一が引き受けよう。計二千万、下手《へた》すりゃポケットマネーになりそうだが、まあなんとかなるだろう。あの世に金はもっていけないからね。ハハハッ……」

水戸黄門のような風情で高笑いをあげる坂下をよそに、麗子と智恵美と優奈の顔色は青ざめていくばかりだった。

2

誰もいなくなったメインルームに、晴夫はひとり、座っていた。

部屋にはまだ、先ほどまでの緊張感の残滓《ざんし》が残っていた。好々爺めいた坂下のキャラクターのせいでお互いの関係が曖昧《あいまい》になっているが、札束で頬を引っぱたかれ、肉体奉仕を求められたという意味においては、健康ランドを経営している松永や、ホテルチェーンのオーナーである成増のやり方となんら変わることはなかった。いや、期限が目前まで迫っているという足元を見られ、彼らに輪をかけて破廉恥な要求をされたと言ってもいいだろう。

麗子と智恵美と優奈、そして坂下の四人は、十分ほど前に部屋付きの露天風呂に向かった。晴夫がいるメインルームの前に庭があり、石畳の小径《こみち》を奥に進んだところに目隠し用の竹柵がある。その奥が露天風呂になっているらしいが、室内から様子をうかがうことはできない。

さぞや素晴らしい桃源郷がそこにはひろがっていることだろう。

麗子は美人で、智恵美は可愛かった、それも、社内で指折りのレベルだ。優奈にしても、裸になれば水のしたたるような色香を放つ。その三人に囲まれて露天風呂に浸《つ》かる心地よさはいかばかりか、想像するだけで身震いが走ってしまうほどだった。

なにしろ、ただ温泉に浸かっているだけではないのだ。キスも自由なら、乳房を揉むのも自由。体を洗えと言われれば洗い、男根をしゃぶれと言われればしゃぶらざるを得ない、そんなせつない立場に三人の美女たちは置かれているのである。

「失礼します」

部屋の外から声がして、仲居が入ってきた。坂下がルームサービスで冷酒を頼んだのだ。クラッシュアイスでいっぱいになった白木の桶に、お銚子と盃が埋まっていた。この桶を露天風呂に浮かべて一杯やれば、ああこりゃこりゃと小唄のひとつも歌いだしたくなることだろう。

酷な仕打ちだった。

晴夫の役目は温泉に浸かってそれを飲むことではなく、桃源郷を満喫している老人に運ぶことなのだから……。

（やってられないな、まったく……）

思わず舌打ちしてしまう。ウルトラリラックス二十台ご購入と引き替えに、営業レディース三人との４Ｐ——そう決まった時点で、晴夫はお役御免のはずだった。上司や同僚を残して先に帰るわけにはいかないにしろ、寝室の小部屋にこもって自棄酒《やけざけ》を呷ってもいいのではないかと思った。

晴夫に役割があるとすれば、明日の朝、打ちのめされている三人に気を遣い、帰りの道中を楽しいひとときにすることだろう。もちろん、智恵美あたりがヒステリーを起こす可能性も充分にあるから、その場合はサンドバッグのように滅多打ちにされるしかない。それもまた、役割だ。そのために自棄酒を飲んでふて寝をし、英気を養う必要があるのだ。

だが、坂下は底意地の悪い顔で、「仲居が酒を持ってきたら、キミが露天風呂まで運んできたまえ」と命じてきた。理由はあきらかだった。自分が三人の美女を独占しているところを見せつけたいのだ。見た目は好々爺のくせに、性格は最低の部類らしい。

晴夫は酒の載った桶を持って庭に出た。足音をたてないように注意して石畳を進み、竹柵の前まできた。息を呑んで耳をすますと、湯の跳ねる音が聞こえてきた。普通なら風流にも思えようが、竹柵の向こうの光景を想像するだにジェラシーで胸を掻き毟《むし》りたくなる。

「失礼します……」

蚊の鳴くような声で言い、竹柵の向こうに進んだ。下を向き、湯に浸かっている人々を決して見ないようにした。それしか、抵抗の手段はなかった。誰が、ご満悦の老人など見てやるものか。

すぐそこで裸の男女が湯に浸かっている気配を感じつつも、露天風呂を縁取っている濡れた岩だけを見て、桶を置く。

「失礼しました……」

すかさず背中を向けて立ち去ろうとしたが、

「待ちたまえ」

坂下の声に引きとめられた。

「そんな中途半端なところに置かないで、ちゃんとワシの前で湯に浮かべてもらえんかね」

「いえ、でも……」

晴夫は背中を向けたまま言った。

「そうしますと、みなさんの裸を見てしまいますし……」

「かまわないよ、ワシは。変に遠慮されるほうが、よけいに恥ずかしくなる。みんなもそうだろう？　なあ？」

反論の声はあがらなかった。あがるわけがない。接待の席では、クライアントが白いと言えば、カラスも白くなる。ましてやこの状況なら、坂下に逆らえるわけがない。

まったくもって意地の悪い男だった。三人の美女に囲まれているところを見せつけたいだけではなく、見せつけることで女たちも辱《はずかし》めたいのだ。

しかし、晴夫もまた、坂下には逆らえない。逆らえば、台無しになる。耐えがたきを耐えて４Ｐを引き受けた彼女たちの覚悟を無にしてしまう。

晴夫は背中を向けたまま後退《あとずさ》り、岩の陰に置いた桶を取った。おずおずと顔をあげ、露天風呂を見た。麗子と智恵美と優奈が、さっと眼をそらした。三人はだらしない笑顔を浮かべている坂下を、至近距離で囲みながら湯に浸かっていた。髪をアップにまとめ、眼の下を恥ずかしげに赤く染め、身を縮ませて腕や脚の交差で恥部を隠していた。

あまりに憐れな三人の姿に、晴夫は目頭が熱くなった。と同時に、痛いくらいに勃起してしまった。憐れさとエロスは共存できるものだということを初めて知った気分だった。後《おく》れ毛も妖しく髪をアップにしている姿が、三者三様に色っぽかった。羞じらいの表情もまた、そうだった。

「ほら、ここだよ。ここに浮かべてくれ」

坂下が自分の前に桶を浮かべろと急かしてくる。

「失礼します……」

晴夫は眩暈を覚えつつも、なんとか湯に桶を浮かべた。気を強く張っていないと、頭から湯に落ちてしまいそうだった。

そのとき、視界におかしなものが入ってきた。湯の中の坂下の股間だ。ご老体のイチモツなど見たくもなかったが、三人の美女たちの手指がそこに集まり、勃起した肉棒や玉袋をつかんでいたのだった。

驚愕に顔色を失った晴夫を見て、坂下がニヤニヤと笑う。これほど下卑《げび》た笑いは見たことがないと思ってしまうような笑い方で、晴夫を愚弄してくる。

「どうだね、キミも一献？」

盃を差しだされ、

「い、いえっ……」

晴夫は首を横に振った。顔が燃えるように熱くなっていた。感情が爆発しそうだった。

セクハラ接待ゴルフのころとは、みんなとの関係がずいぶん変わってきていた。麗子とは二度、体を重ねた。智恵美とも寝ている。愛や恋がなくても、ふたりはもう他人ではなかった。優奈にしても三カ月近く机を並べている同僚だ。その三人にイチモツを握らせ、あまつさえそれを見せびらかせて悦に入ってる老人に、頭の血管が切れそうなほどの怒りを覚えた。

「森山くん……」

か細い声で、麗子が言った。

「先生が勧めてくれているお酒を、断ったりしたらダメじゃないの」

せつなげに眉根を寄せた顔で、逆らわないでとテレパシーを送ってくる。わたしたちに気を遣うより、クライアントに気を遣うのが接待でしょ、と……。

「そうだよ、キミ。課長の言う通りだ……」

坂下が差しだしてきた盃を、晴夫はしかたなく受けとった。

「よーし、ワシが酌をしてやるから、みんなも盃を取りなさい」

三人が、桶に手を伸ばして盃を取る。だが、片手にイチモツ、もう一方に盃では、裸身を隠す腕がなくなる。全員が乳房をさらす格好になった。湯に揺れる赤やピンクの乳首の色が、眼が眩むほどいやらしかった。

坂下がみんなに酒を注ぎ、

「じゃあ、乾杯」

と鼻の下を伸ばしきった顔で言った。

晴夫は一気に盃を空けた。飲めば帰れるだろうと思ったからだが、坂下はそれほど甘い男ではなかった。

「ハハハッ、そんなにあわてて飲むことはないだろう? いける口なのかい? だったらお銚子ごと持っていたまえ」

桶の氷に刺さったお銚子は三本あったが、そのうちの一本を渡された。当分の間、帰ることはまかりならん、という意味だろう。

「いやあ、極楽、極楽……」

左手に盃、右手にお銚子を持った坂下は、飲みながら、女たちに酒を勧めた。湯の温度はそれほど高くないようだが、アルコールの酔いが彼女のたちの頬を悩ましいピンク色に染めていく。屈辱的な姿を晴夫に見られているせいもあるかもしれないが、あっという間に耳まで真っ赤に染まっていった。

「あのう……」

晴夫は耐えきれずに言った。

「僕はそろそろ、さがってよろしいでしょうか？」

「まだいいじゃないか」

坂下は自分の盃を桶に戻すと、両手を伸ばしてふたりの女の肩を抱いた。左側にいたのが優奈で、右側が智恵美だった。ふたりの肩を抱いて後退り、なめらかな岩に寄りかかった。麗子は坂下の正面にいた。男根を握りしめているので、後退る坂下に連れられて前に出た。

「さっき課長に聞いたんだが、ウルトラリラックスの販売促進チームは、この四人だけっていうじゃないか」

坂下はこちらに後頭部を向けていたが、晴夫に言っているようだった。

「ということは、キミだけなにもさせないのも悪いと思ってね。彼女たちが恥をかくぶん、ちょっとはキミも苦悩しなさい。どうだい？　ワシがこんなことをしたら、胸を掻き毟《むし》られるんじゃないかい？」

坂下が左手で優奈の乳房を揉みながら、彼女にキスをした。ねちっこく舌をからめあうディープキスだ。そうしつつ、右手では智恵美の乳房を揉んでいる。乳首をつまみあげ、こよりをつくるように押しつぶす。

「まったく、こんな美女三人に囲まれた職場なんて羨ましい限りだが、キミにはいささか高嶺の花ばかりだもんなあ。こんなこと、したくてもできないだろ？　おっぱいモミモミしたり、ベロチューしたり……」

坂下は医学博士とは思えないほど下品なことを言いながら、今度は智恵美の舌を吸いはじめた。息がとまりそうなほどの深いキスに、智恵美が鼻奥で悶え声をあげる。

（ちくしょう……ちくしょう……）

晴夫は心で泣いていた。号泣だった。坂下の見立ては間違っていた。たしかに三人とも高嶺の花だが、麗子と智恵美とはセックスをしたことがあるのだ。しかし、だからこそ悔しい。まるで目の前で恋人が寝取られているようで、嫉妬《しっと》のあまり頭がどうにかなってしまいそうだ。

「おいおい、部下が頑張ってるのに、上司がぼんやりしててどうする」

坂下は麗子に声をかけると、目の前にあった桶をどかし、腰を持ちあげた。荒々しく湯を揺らして、勃起しきった男根を水面に突き立てた。

「しゃぶるんだ」

坂下の男根をつかんでいるのは、もはや麗子ひとりだった。乳房への愛撫と深いキスで翻弄されている智恵美と優奈の手は、いつの間にかそこから離れていた。

「聞こえないのかい、課長？　しゃぶるんだよ」

「ううう……」

麗子は震える唇を割りひろげ、ご老体のイチモツを口に含んだ。すさまじい勃ちっぷりだった。やはり特別な精力剤でも服用しているのか、あるいは容姿ほど年をとっていないのかもしれない。いや、このハーレム状態に大興奮しているだけなのかもしれないが、麗子が鼻の穴をひろげないと咥えこめないほどの野太さである。眉根を寄せて必死になって吸っている。

「おおっ、たまらん……」

智恵美と優奈と交互に口づけをしながら、彼女たちの乳房を揉みしだき、麗子の口腔奉仕を受けている坂下は、まさにこの世に出現した夢のような桃源郷を満喫していた。

「どうだね？　羨ましいかね？　羨ましいなら、二千万を右から左に動かせる男になりたまえ。そうすればキミにもできるぞ。こんなふうに男に生まれてきた悦びを謳歌《おうか》できる

「……むううっ、たまらんっ！」

坂下の目的が晴夫の心を押しつぶすことなら、それは達成された。敗北感に打ちのめされ、涙をこらえるだけで精いっぱいだった。このトラウマは尾を引くに違いなく、しばらくの間、立ちあがることができないだろうと思った。

3

ようやく解放された。

晴夫は呆然自失の状態で露天風呂から部屋に戻った。その離れには寝室がふたつあり、一方が十畳間、もう一方が六畳間だった。

十畳間には三組の布団が敷かれ、六畳間には二組が敷かれていた。仲居が敷いたので割り当てを間違えていた。晴夫は六畳間の布団一組を十畳間に移し、いささか淋しくなった六畳間で立ちすくんだ。ジャケットを脱ぎ、畳に叩きつけた。毟り取るようにネクタイをほどき、それも畳に叩きつける。ハアハアと息をはずませて、畳の上にへたりこむ。

しみじみとこみあげてくるものがあった。

今回のセクハラ接待は、間違いなくいままでいちばんハードだった。セクハラという言葉も接待という言葉も、枕営業という言葉すら軽く感じられる。露天風呂での坂下の振る舞いは、大奥の殿様か異国の王様のハーレムのようで、現世で味わえる肉の悦びを独り占めしていた。

その男根を咥え、舐めしゃぶっていた麗子のつらそうな顔を思いだす。

舌を吸われ、乳房を揉まれ、哀しげに眼を伏せていた智恵美や優奈の顔も、脳裏をよぎっていく。

申し訳ない、としか言いようがなかった。帰りの電車の中では、彼女たちのしもべになろうと思った。どれほどねぎらってもねぎらいきれない苦行を、彼女たちはいまなお続けているのである。

だが……。

彼女たちに申し訳なく思う気持ちとは裏腹に、股間のイチモツは痛いくらいに勃起していた。先走り液を漏らしすぎたせいで、ブリーフの中が気持ちが悪いほどヌルヌルしている。

自慰をしようかどうしようか、迷っていた。

いや、露天風呂でのハーレムプレイを眺めながら、実はそのことばかりを考えていた。猿のようにイチモツをしごき抜き、射精をしたかった。快楽を求めているというより、楽になりたかったのだ。射精をすれば楽になれる、それはもう疑いようのない事実だった。しかし、すればなにかを失うことは間違いなかった。明日の朝、三人の眼を見ることができなくなるに違いない。

しかし、したいものはしたかった。

目の前にある布団はふかふかで、掛け布団をめくれば、糊《のり》の効いた清潔な白いシーツが姿を現すに違いない。全裸になってそこに大の字になり、自分が坂下になった妄想《もうそう》を思い浮かべながら男根をしごけば、一分と経たないうちに射精に至れるだろう。もちろん、そんなにすぐに出してしまってはもったいないから、自分で自分を焦らしながら、妄想の中で智恵美を犯し、優奈を犯し、麗子を犯す。抱き心地や締まり具合を比べながらとっかえひっかえ結合し、何度も体位を変えて楽しめば、並みのセックスなどゆうに超える、衝撃的な射精の快楽が味わえるかもしれなかった。

「ダメだ……ダメだダメだダメだ……」

晴夫は激しく頭を振り、冷蔵庫を開けた。缶ビールと缶チューハイと冷酒の二合瓶が二本ずつ入っていた。躊躇うことなく冷酒を取り、瓶のまま飲んだ。一気に飲み干し、もう一本も飲みはじめた。飲んで寝てしまおうと思った。睡眠に逃げこむ以外、この悶々とした気分から救われる方法はない。

どうしても、三人のことが裏切れなかった。自慰をしたってバレるわけがない、とは思えなかった。彼女たちは今夜、苦界《くがい》に身を沈めたいにしえの花魁《おいらん》のように、つらい目に遭うだろう。

しかし、明日になれば、空気は変わる。晴夫を含めた四人で、目標を達成した喜びを分かちあえるのだ。それだけを夢見てドSの女社長に尻の穴まで犯された晴夫としては、歓喜の瞬間に彼女たちの眼を見られないような状態に陥っていることは避けたかった。それだけはどうしても嫌だった。

あっという間に、二本の冷酒が空いてしまった。缶チューハイを飲んでみたが、アルコールが薄くてなかなか酔いがまわらなそうだった。棚にウイスキーのミニチュアボトルが並んでいるのを発見した。スコッチやバーボンやジンが十種類ほどあった。缶チューハイをチェイサーにそれをストレートで飲んだ。さすがに酔った。全部飲むと、猛烈な睡魔に襲われた。掛け布団も剝がさずに、ワイシャツとズボンのまま布団の上で体を丸めた。ようやくのことで、睡眠に逃げこむことができたのだった。

どれくらい眠っていたのだろう?

眼が覚《さ》めても完全に酒が残っていたので、それほど長時間ではないようだ。二時間か、三時間か……窓の外は、とっぷり日が暮れていた。時計を見ると午後七時だった。

みんなはどうしているだろう?

夕食の時間、かもしれない。これだけの宿なのだから、食事も贅を尽くされているはずだ。露天風呂でたっぷりと楽しんだあと、英気を養うための宴会でもしているだろうか。食欲はまったくなかったので、放置されたままでかまわなかったし、できることなら朝まで眠りつづけたかったが、様子が気になった。襖の近くに行き、耳をすました。物音はなにもしない。扉を開けた。短い廊下を抜き足差し足で進んでいったが、メインルームには誰もいなかった。

気配がしたのは、もうひとつの寝室のほうだった。

はずむ息づかいやくぐもった声……なるほど、夕食もとらずに、坂下はまだ桃源郷に浸っているらしい。

どうしたものか、晴夫は考えた。頭は酔っているのに、眼は冴えていて、実に嫌な感じだった。寝直すには寝酒が必要だが、部屋にはもうろくに酒が残っていない。離ればかりのこの宿の全貌はつかめていないが、酒を買い求めることは可能だろうか。ルームサービスを頼めば坂下に気づかれてしまうので、いったん外に出て売店なり厨房《ちゆうぼう》なりを探してみるか。バーのような施設があるなら、そこでしたたかに酔ってもいい。

しかし……。

その場を動こうにも、全身が金縛りに遭ったように固まっていた。耳だけが、寝室から漂ってくる気配を追っている。はずむ息づかいやくぐもった声は、あきらかにひとりのものではなく、複数の声が重なっていた。坂下はいったいどういうやり方で、三人を相手にしているのだろう。いったん気になりだすと、どうにも好奇心を抑えきれなくなった。襖をほんの少し開ければ、中の様子は簡単にのぞくことができるだろう。だが、のぞいたところでなにになる。罪悪感がふくらんで、傷つくだけなのは眼に見えていた。あるいは欲望を揺さぶられ、自慰をこらえるのに悶え苦しむだけだった。

わかっているのに、抜き足差し足で襖に近づいてしまう。息を殺し、そっと襖を開ける。橙色の常夜灯だけが灯った薄暗い中、まるでリングのように白い敷き布団が四組並び、その上で三人の女が全裸で両脚を開いていた。晴夫がのぞいている場所から見て、手前から智恵美、麗子、優奈である。坂下は腹這いになり、麗子にクンニリングスを施していた。そうしつつ、智恵美と優奈の股間にも手を伸ばし、花びらをいじっている。

晴夫は一瞬、気が遠くなりそうになった。

想像がついた状況とはいえ、実際に目の当たりにしてみると、衝撃はあまりにも大きかった。クリトリスを舐められ、あるいは指でいじられて、身をよじる三人の美女たちの姿は、身震いを誘うほど淫らだった。ひとりでも充分に男を虜にできるほどの美しさや色気や可憐さをもった女が、三人束になってよがっているのである。それも、彼女たちが望んでそうしているのではなく、半ば無理やり強制されているという理不尽さが、声をこらえたりきつく眉根を寄せたり遠い眼になったりという所作に現れ、それがスパイスとなってただ事ではないほどいやらしい光景を出現させていた。

坂下は、智恵美や優奈が無防備に開いた股間をいじりながらも、メインで責めているのは麗子のようだった。それゆえ彼女は、顔の紅潮も息のはずませ方も身をよじる激しさも素肌の汗ばませ方も、左右のふたりを圧倒していた。背中を弓なりに反らせて白い喉を突きだし、腰をくねらせながら、頭の上のシーツを必死になってつかんでいた。

（か、課長っ……）

麗子と二度、体を重ねたことがある晴夫にはわかった。彼女がいま、まさしくオルガスムスに駆けあがっていこうとしていることを。

しかし、左右に部下がいる状況でイッてしまうのは、上司として最大の恥辱である――麗子はそう考えているのだろう。必死になってこらえていた。なんとかしてやり過ごそうと、足の指を丸めて歯を食いしばっていた。それでも、腰がくねってしまう。好色な坂下は、舌使いも練達に違いない。陰部を這うほどに、女体を抜き差しならないところへと追いつめていってるのだろう。

「い、いやっ……」

麗子が首を横に振った。

「ダ、ダメですっ……そんなにしたらダメになりますっ……」

「遠慮しないでイッていいぞ」

下卑た笑いを浮かべた坂下が、勝ち誇った表情で舌舐めずりをする。

「智恵美と優奈に、イクところをしっかりと見せてやれよ」

「いやっ……いやですっ……」

髪を振り乱して首を振りながらも、麗子は肉づきのいい太腿をひきつらせ、波打つように震わせる。腰の動きが切迫し、涎じみた発情のエキスを大量に漏らしている股間を突きあげるように跳ねさせる。逃げまわるように動く股間を、坂下の舌が執拗に追いかける。包皮を剝ききったクリトリスを、ねちっこく舐め転がす。

「ああっ、ダメッ……」

諦観の滲んだ言葉とは裏腹に、呼吸はどこまでも激しくはずみ、吐息の甘酸っぱい匂いが、襖の外からのぞいている晴夫にまで漂ってきそうだ。

「イッ、イクッ……」

はじける前のゼンマイのように、麗子が裸身を硬直させた瞬間、しかし坂下は、クリトリスから舌を離した。麗子が眼を見開く。泣き笑いのような複雑な表情で、紅潮した頬をピクピクと痙攣させる。

「なんだよ、その顔は？」

坂下が嘲るように言った。

「口ではいやだと言いながら、本当はイキたかったのか？　智恵美や優奈に、アヘ顔を見せつけたかったのか？」

「違うっ……違いますぅ……」

麗子は首を横に振った。決してイキたかったわけではないだろう。部下の前でそのような醜態をさらすことを、望む上司などいやしない。しかし、心では頑なに拒否していても、体は欲してしまう。三十三歳の健康な体は性感もよく熟《う》れて、官能の中枢器官である肉の芽を執拗に舐め転がされれば、逃れようもなく快楽の渦にからめとられていくばかりなのだった。

そんなせつない境遇に追いつめられ、けれどもイカせてもらえないのはなおせつない。もはや諦めの境地に達し、上司としての尊厳も、女としての恥も売り渡し、肉の悦びに溺れてしまおうと覚悟を決めた刹那、快楽をとりあげられてしまってはたまったものではない。

「どうしたんだ？」

坂下の笑顔が、卑猥な輝きを増していくばかりだ。

「イキたいならイキたいって、素直に言えばいいじゃないか。お願いですからイカせてくださいとお願いするなら、ワシだって鬼じゃない。失神するまでイキまくらせてやるんだがな」

「ゆ、許してくださいっ……」

ひきつった顔を痙攣させつづけている麗子は、もはや精神崩壊寸前で断崖絶壁に立たされているようなものだった。イキたいけれどイカせてほしいとは言えず、そうなるとイケない苦悶に正気を失いそうになる。一糸纏わぬ裸身で両脚をひろげ、女の恥部を丸出しにしながら、もどかしさに身をよじるばかりになる。

4

（ああっ、課長っ……代われるものなら僕がっ……僕が代わってあげたいです、課長っ……）

晴夫は一部始終をのぞきながら、坂下にいじめ抜かれている麗子に涙した。眼尻に熱いものを滲ませながら、痛いくらいに勃起していた。オルガスムスを寸前でとりあげられ、肉欲と羞恥の狭間で身悶えている三十三歳の女課長は、憐れを誘う一方で、途轍《とてつ》もなくエロティックな存在だった。

そんな麗子に、坂下はさらなる追い打ちをかけた。智恵美と優奈に、彼女を責めるように命じたのだ。麗子は左の乳首を智恵美に吸われ、右の乳首を優奈に吸われて、坂下に再び股間を舐めまわされた。同性愛のおぞましさと、老人に恥部を穢される屈辱に耐えながら、けれども再び、性感に火をつけられる。心のもちようではどうにもならないフィジカルな快感が、風前の灯火となった上司としての矜恃《きょうじ》や女としてのプライドを、非情な風で消しにかかる。

ツンツンに尖りきった左右の乳首を、智恵美と優奈が吸っている。晴夫からは見えないが、坂下に舐め転がされているクリトリスも、おそらくツンツンに尖りきっていることだろう。寝室は十畳と広いのに、麗子のはずむ吐息があふれんばかりに充満していく。坂下の舌が、猫がミルクを舐めるような音をたてる。麗子は白い喉を突きだしてのたうちまわるが、声だけは必死にこらえている。ほんの十センチほどの至近距離に部下たちの顔があるのだから、いやらしい声などあげられるわけがない。額や首筋や胸元に、汗の粒が浮かんでくる。坂下が舌だけでなく、指まで使いはじめる。粘っこい音をたてて、麗子を深くえぐる。抜き差しをすれば汁気の多い音がたち、潮まで吹いてしまうのではないかと晴夫に固唾を呑ませた。

しかし、麗子がもう我慢できないとばかりに甲高い悲鳴を放ち、恥辱にまみれながら肉欲に溺れていこうとすると、坂下は愛撫を中断するのだった。智恵美と優奈にも乳首を吸うのをやめさせ、もどかしさに眉根を寄せている麗子に、下卑た笑いを浴びせるのだ。

「イキたいなら、イカせてくださいって言うんだ」

「い、言えませんっ……」

麗子は震える声を絞りだした。

「そんなことっ……そんなこと許してくださいっ……」

涙ながらに哀願しても、もちろん許されるわけがない。むしろ、なおいっそうのこと坂下の闘志をかきたて、イキそうでイカせてもらえない生殺し地獄に突き落とされる。

麗子がオルガスムスをすっかり逃がしてしまったことを見極めると、坂下は再び愛撫を始めた。智恵美と優奈をうながし、三人がかりで絶頂寸前まで追いつめていき、けれども決して絶頂は与えず、泣きじゃくる麗子を笑い者にして楽しむのだ。

麗子もたいした根性の持ち主だった。三度、四度、五度と絶頂寸前まで追いつめられては放置され、双頰を涙で盛大に濡らしているのに、坂下の求める言葉を頑なに拒否しつづけた。坂下と一対一なら、ここまで粘らず軍門に下っていただろう。どうせ時間の問題で、いずれはみじめな性奴隷に堕《お》とされる運命なのだから、早く降参したほうがダメージが少ないと判断したに違いない。

だが、智恵美と優奈の存在が、それを許してくれないのだ。猛烈な痒《かゆ》みを耐えなければならないのに似た、生殺し地獄にのたうちまわりながら、みずから絶頂を乞うことだけは涙を流しながら拒むのである。

「ククッ、なかなか楽しませてくれるじゃないか。でも、素直にならないと後悔するっていうのが、人生の真理なんだぞ……」

坂下は、息絶えだえの麗子を尻目に、智恵美と優奈を四つん這いに並べた。無防備に突きだされたふたつの尻をニヤニヤ眺めつつ、勃起しきったおのが男根を握りしめ、まずは智恵美に挑みかかっていった。見た目の老け具合とは相反する絶倫のオーラを放ちながら二十五歳の若牝を貫き、乾いた音をたてて連打を放ちはじめた。

智恵美は悲鳴をあげた。その声音は、自分ひとりが犯されている恥辱に歪んでいたが、次第に喜悦の艶が生じ、やがて手放しでよがり泣きはじめた。晴夫がのぞきはじめてからは麗子を中心に愛撫が繰りひろげられていたが、露天風呂に入ったときからすでに数時間が経過している。智恵美や優奈が責められていた時間もあったのだろう。充分に愛撫されていなければ、ここまで性急に乱れはじめるのは不自然だった。

「ああっ、いやっ……いやあああっ……」

若く張りつめ丸尻をしたたかに突きあげられ、智恵美が真っ赤になって首を振る。カラオケボックスで晴夫が抱いたときには見せなかった、せつなげな表情がいやらしすぎる。

麗子もそうだが、心と体の乖離《かいり》が、智恵美をエロスにまみれさせていた。感じたくないのに感じてしまうという矛盾が、初々しく可愛らしい智恵美を淫らな牝犬に堕としてしまう。好きでもない男に札束で頬を引っぱたかれて犯されているという暗色の絶望感が、けれども彼女をどこまでも官能的な存在へと駆りたてていく。カラオケボックスのときとは比べものにならないほどの圧倒的な色香を放って、快楽の断崖絶壁に立ちすくむ。

「み、見ないでっ！」

シーツを握りしめながら絶叫した。

「見ないでくださいっ！　見ないでぇえっ……」

オルガスムスが近いらしい。その姿を、麗子が泣きそうな顔で見つめている。智恵美を辱めるためではなく、みずから欲しくて欲しくてたまらないものを彼女が味わおうとしているので、見ずにはいられないのだろう。

哀しい光景だった。しかし、哀しいのは彼女ひとりではない。

智恵美は晴夫に抱かれたとき、イカなかった。傷を舐めあうためのセックスとはいえ、絶頂ばかりがセックスではないとはいえ、いまにも坂下にイカされそうになっているその姿には、さすがにショックを受けた。ジェラシーで顔が熱くなり、劣等感に胸を掻き毟りたくなった。坂下はやはり、只者ではない。

しかも……。

智恵美が若々しい裸身を打ち震わせ、いまにも絶頂に駆けのぼっていこうとした瞬間、坂下は男根を引き抜いた。智恵美がやるせない悲鳴をあげて振り返る。坂下はそれを卑猥な笑みでいなしながら、隣で四つん這いになっている優奈に挑みかかっていく。

乾いた音をたて尻を突きあげられている優奈を見て、麗子と智恵美の表情が揃う。ふたりとも、お菓子を取りあげられた少女のような顔をしている。しかし、取りあげられたのはお菓子ではなく、オルガスムスだ。発情しきった体を淫らによじらせながら、優奈より激しく息をはずませている。閉じることができなくなった半開きの唇から、いまにも涎さえ垂らしそうだ。

優奈は後ろから突きあげられながら、歯を食いしばっていた。飄々《ひょうひょう》としているように見えて、彼女もプライドが高い女だった。そう簡単に老人のピストン運動で感じてたまるものかと、意地になっているらしい。

（エロいな、しかし……）

晴夫は生唾を呑みこんだ。ボディコンタクト済みの麗子や智恵美と違い、優奈は露天風呂で少し裸を見ただけだった。二十歳の体は抜けるように白く、細かった。そのくせ尻や胸には丸々とした量感があり、清潔感といやらしさをその体に共存させていた。

「たまらん……たまらんぞ……」

悠然としたピッチでストロークを送りこんでいる坂下が、鬼の形相をほころばせた。

「さすが二十歳だ。締まりがいい……」

その言葉に、ただでさえ泣きそうな顔になっている麗子と智恵美の眼尻がますますさがっていく。実際に若い女のほうが締まりがいいかどうかは謎だし、単なる言葉責めなのかもしれない。それでも、味比べをされているのだから、効果は抜群だ。三十三歳の麗子は、若い優奈に嫉妬の炎を燃やしている。二十五歳の智恵美もまた、悔しげに唇を噛みしめている。

「どうだっ！　どうだっ！　オマンコ、もっと締めてみろっ！」

坂下ががっちりと腰をつかんで突きあげる。優奈の表情が、次第に歪んでくる。ポーカーフェイスを装うことができなくなり、息がはずみだす。眼の下をねっとりと紅潮させ、眼つきが蕩《とろ》けてくる。

「ああっ、先生っ！　院長先生っ！」

智恵美が切羽つまった声をあげた。

「わたしにもオチンチンくださいっ！　オ、オマンコッ……オマンコ締めますから、オチンチン入れてっ！」

言いながら尻を振りたてる智恵美を見て、晴夫は音を聞いた。彼女の中で理性や矜恃やプライドが、粉々に砕ける音だった。

「あああっ、わたしもっ……」

麗子も優奈の隣で四つん這いになり、尻を突きだした。

「わたしも締めますからっ……オッ……オマンコッ……オマンコぎゅうぎゅう締めますから、入れてくださいっ……」

終わったな、と晴夫は思った。なにが終わったのかよくわからなかったが、優奈をバックから責めている両脇で、麗子と智恵美が浅ましく尻を振りたてている姿には、終末感が色濃く漂ってきた。堕落と退廃にまみれて腐臭がした。もちろん、男を狂わせる腐臭だった。

「いやよっ！」

優奈が甲高い声をあげた。

「院長先生、抜かないでっ……優奈のオマンコからオチンチン抜かないでっ……もうイキそうなのっ……優奈、イッちゃいそうなのおおおっ……」

ついに最後の砦《とりで》まで落ちてしまった。髪を振り乱して振り返り、発情に蕩けきった顔で哀願する優奈の表情は、眼も眩むほどいやらしかった。

最悪だった。

見なければよかった、と晴夫は深く後悔した。

こんな光景を見てしまった以上、もはや彼女たちといままで通りには付き合えない。せっかく自慰を思いとどまったというのに、明日の朝、彼女たちの眼をまともに見られる自信がない。

飲むしかなかった。

とにかく酒を手に入れて泥酔し、眠ってしまうのだ。脳味噌をアルコール漬けにしてしまえば、この光景も悪夢だったと思えるかもしれない。現実に起こったことではなく、夢だったのだと……。

しかし。

立ち去ろうとした瞬間、ギギッと床が音をたてた。体重を移動したせいだが、高級旅館のくせに安っぽく耳障りな音だった。室内に響いていた乾いた打擲音が止まった。三人の美女とひとりの老人の眼が、いっせいにこちらを向いた。

5

「ハハハッ、ふて寝しているかと思っていたのに、出歯亀かね？」

坂下が声をかけてくる。

晴夫は動けなかった。声も出せずに立ちすくみ、ほとんどパニック状態に陥っていた。台無しにしてしまう、と思ったからだ。麗子と智恵美と優奈がせっかく成立させた契約を、自分の失態でパーにしてしまう、と……。

まさしく取り返しのつかない失態だった。土下座して謝って許してもらえるレベルではない。坂下に対してはもちろん、麗子や智恵美や優奈に対してもそうだ。呆然と眼を見開いてこちらを見ている三人の顔には、見られたくなかった、とはっきり書いてあった。当たり前だ。オルガスムスを求めて卑語を連発している姿を見られたいと思う女などいるわけがない。

それを見てしまった。しっかりのぞいてしまったのだ。

どうしていいかわからなくなっている晴夫に、

「ちょうどよかったよ」

と坂下は言った。

「三人とも貪欲《どんよく》だから、ひとりじゃもてあましていたところなんだ。せっかくだから、キミも参加したまえ」

晴夫はますますパニックに陥りそうになった。

この男は、いったいなにを言っているのだろう。晴夫の中に、自分が乱交に参加するという想定は皆無だった。いままでセクハラ接待をしてきた誰もが、晴夫のことなど無視していたし、もし自分がクライアントだとしても、そうするに決まっている。わけのわからない若造を仲間に入れて、せっかくのハーレムを壊したくない。

けれども坂下は本気のようで、

「どうした？　そんなところに突っ立ってないで、さっさと中に入ってこないか」

と言い、それでも晴夫が動けないでいると、

「なあ、課長。ワシのチンポは二十歳のオマンコに夢中だが、向こうにもう一本チンポがあるぞ。遠慮せず入れてもらえばいいじゃないか」

あろうことか麗子の尻を叩いたのだった。

麗子の動きは迅速だった。はじかれたように立ちあがると、恥部も隠さず近づいてきて

襖を開け、晴夫の腕を引いた。

「ねえ、しましょう。オマンコしましょう」

眼尻をさげてささやいてくる麗子に、晴夫は絶句した。汗ばんだ裸身から、発情した牝の匂いを濃密に放っていた。しかし、聡明な彼女が発情のあまり正気を失ったとは考えにくかった。発情しているのは間違いないにしろ、彼女の胸の中にはさまざまな感情が交錯《こうさく》しているはずだった。

坂下の言うとおりにしないとまずい、というのがまずひとつ。どれだけ肉欲に溺れていたとしても、麗子が契約のことを忘れるわけがない。

そして、晴夫を乱交に巻きこむことで、自分たちのさらした醜態を無化したいということがもうひとつ。一緒に快楽を追求してしまえば、それはもはや恥ではない。女が絶頂に達するときの表情はいやらしくも滑稽《こっけい》だが、男が射精に至るときの表情も負けず劣らず間抜けである。それゆえに恥ずかしいわけだが、見せあってしまえば笑うことはできなくなる。

「さあ、脱いで……早く脱いで……」

麗子はいやらしく濡れた指先で、皺《しわ》くちゃになったワイシャツのボタンをはずしてきた。ズボンも靴下も、ブリーフまで一気に脱がされ、勃起しきった男根を露わにされた。

「ああっ、立派よっ……」

麗子は黒い瞳を潤みきらせて晴夫の足元にしゃがみこむと、男根を口に頬張って舐めしゃぶりはじめた。晴夫はしたたかに顔を歪めた。パニック状態から抜けだせないままに、痛烈な快感に襲いかかられ、思考回路がショートした。混乱した頭を整理するより、快楽に溺れてしまったほうが楽だと、全身の細胞が叫んでいた。先ほど睡眠に逃げこもうとしたように、快楽に逃げこんでしまえばいいと一斉に唱和していた。

気がつけば、麗子の頭をつかんで腰を振りたてていた。顔ごと犯すようにピストン運動を送りこめば、快楽がヒートアップして身をよじらずにはいられなくなる。淫魔に取り憑かれた鬼の形相で、女課長の口唇をえぐり抜いていく。

「なかなかやるじゃないか」

坂下が優奈を突きあげながら声をあげる。

「優男に見えたが、どうしてどうして……上司にそこまでできれば、立派なもんだ。たいした男っぷりだ……」

「……ぅんああっ！」

麗子が口唇から男根を吐きだす。根元まで咥えこませていたから、息苦しさに涙を流していたが、息苦しくて吐きだしたわけではなかった。

「もうちょうだいっ……この立派なオチンチンをオマンコにちょうだいっ……」

言いながら晴夫を布団に押し倒した。あお向けになった腰に、息をはずませながらまたがってきた。すぐ側に智恵美がいて、恨めしげな視線を向けてきていたが、麗子はかまわず腰を落としてきた。

よく濡れた蜜壺に、男根が咥えこまれていく。先ほどまで、ご老体に舐めまわされていたところだった。しかし、不思議なほど嫌悪感がなかった。そんなことを感じていられないくらい、結合の衝撃が大きかった。イキたくてイキたくてたまらなくなっている蜜壺は、肉ひだが男根に吸いつき、肉道が締めあげてきた。

「ああっ、いいっ！」

麗子が腰を使いはじめる。浅ましほどのピッチで股間をしゃくり、性器と性器をこすりあわせる。羞恥心を誘うはずの粘りつくような肉ずれ音がたっても、髪を振り乱し、乳房をはずませ、無我夢中で肉の悦びだけを追い求める。

晴夫は圧倒された。

淫らな悲鳴をこらえもせずよがり泣く麗子のことを、坂下がニヤニヤ笑いながら眺めていた。その男根を咥えこまされている優奈も、淫らな悲鳴の大きさに驚き、啞然としたような眼を向けてくる。

だが、いちばん強い視線で麗子を見つめていたのは、智恵美だった。その眼には、羨望や嫉妬や痛恨などの一切合切を乗り越えて、怒りの炎が浮かんでいた。四つん這いだった体を起こし、麗子の後ろに立った。

「上司のくせに、いやらしいわねっ！」

麗子の左右の乳首をつまみあげ、したたかにひねった。麗子が眼を見開いて悲鳴をあげる。無我夢中で腰を振っていた彼女は、後ろに智恵美が立ったことさえ気づかないまま肉欲に溺れていたようだった。そんな状態で乳首をひねりあげられたのだからたまらないだろう。

智恵美のやり方は容赦なく、自分を差し置いてひとりで絶頂を嚙みしめようとしていることに対する抗議ばかりか、枕営業を強要された恨みさえ晴らす勢いで、物欲しげに尖りきった乳首を指で押しつぶしてはひねるのだ。

晴夫は内心で身をすくめた。どう見ても、痛そうだった。

しかし、いまの麗子にとっては、痛みすら快楽のスパイスなのかもしれない。スパンキングプレイと同じだ。もげそうなほど左右の乳首をひねりあげられているのに、腰の動きはとまらない。それどころか、ますます熱っぽくなっていく。左右の乳首をひねりあげられればひねりあげられるほど蜜壺は吸着力を増し、快楽が深まっていく。

「ああっ、いいっ！　乳首がいいっ！　たまらないっ……」

うわごとのように麗子が言うと、

「まったく、なんていやらしい女なのっ！」

智恵美は顔を真っ赤にして激怒した。地団駄さえ踏みそうな顔で乳首から両手を離し、今度は後ろから両膝を立てさせた。晴夫から見ると、麗子がM字開脚を披露し、結合部を露わにした格好になった、

「お上品な顔して、まさか課長がここまでド淫乱だとは思いませんでした。部下として、もっと気持ちよくしてあげます……こうしてやるっ！」

智恵美の右手が結合部に伸びてくる。あふれる蜜を浴びてじっとり濡れた黒い繊毛を掻き分け、女のいちばん感じる部分を探しだす。指先を左右に振って、敏感な肉の芽を刺激しはじめる。

麗子はのけぞって獣じみた悲鳴をあげた。

智恵美もさすがに、その部分を乱暴に扱ったりはしなかった、とはいえ、結合した状態でクリトリスを刺激されるのはたまらないのだろう。そこをいじっているのが同性の指にもかかわらず、おぞましさに身震いすることもなく、麗子は手放しでよがり泣き、喜悦の涙さえ流しはじめた。

晴夫は、智恵美の指使いから眼を離せなかった。そのやり方が自慰を彷彿《ほうふつ》とさせたからだ。初々しい可愛らしさがチャームポイントの智恵美が、そんな指使いで自慰に耽《ふけ》っていると思うと、麗子の蜜壺に咥えこまれた男根が、限界を超えて硬くみなぎっていった。

だが、このままではよくない。頭はパニック寸前で、体はめくるめく快楽の洪水に溺れながらも、晴夫は胸が痛かった。このまま智恵美とふたりで麗子を責めつづけていては、後味が悪くなりそうだ。そのためには、智恵美の怒りを鎮めることだ。智恵美にも気持ちよくなってもらうことだ。しこりの残らない形で恥をさらしあえばこそ、救われる心もある。

「ち、智恵美ちゃんっ！」

喜悦に身をよじりながら、晴夫は声をあげた。

「こっちにっ……こっちに来てくれっ……俺の顔をまたがってくれっ……オ、オマンコ舐めさせてくれえっ……」

クリトリスをいじっていた指の動きがとまり、智恵美は大きく息を呑んだ。喉の動きから察するに、生唾さえ呑んだかもしれない。一瞬、視線を泳がせて逡巡したが、すぐに近づいてきた。麗子に背中を向けて、晴夫の顔にまたがってきた。

晴夫は息を呑んだ。

智恵美の花はぱっくりと口を開ききり、花びらが蝶々のような形になって、薄桃色の粘膜が露わになっていた。薔薇の蕾《つぼみ》さながらに幾重《いくえ》にも重なった肉ひだが息づくようにうごめき、淫らな発酵臭を漂わせながら蜜をしたたらせていた。なんだか涎《よだれ》じみていた。刺激が欲しくて欲しくていてもたってもいられなくなっている心情が、異様に生々しく伝わってくる。

唇を押しつけ、舌を差しだした。見るからに濡れていたその部分は、舐めると舌が泳ぎそうだった。音をたてて蜜を啜《すす》りながら、舌を踊らせた。丁寧に舐めてやりたかったが、晴夫の男根は麗子の股間に咥えこまれ、粘りつくような音をたててこすりあげられていた。

喜悦に身をよじらせながら、懸命に舌を使った。薄桃色の粘膜を舐め、花びらをしゃぶり、クリトリスを吸いたてる。そうしつつ両手を上に伸ばして左右の乳首をつまみあげれば、智恵美も腰を使いはじめた。尻を振りたて、股間をしゃくった。淫らに歪んだ悲鳴を放ちながら、どこまでも呼吸を荒げていった。

熱狂が訪れた。

晴夫はもちろん、複数プレイが初めてだった。自分の人生で、ふたりの女を同時に悦ばせるときがやってくるなど、夢にも思っていなかった。処置なしの女好きとはいえ、セックスは一対一でするものだという固定観念から自由にはなれなかったのだ。

実際に経験してみると、それは桃源郷というより、格闘のようなものだった。ふたりの女を悦ばせているというより、ふたりの女にむさぼられていた。悪い気持ちはしなかった。相手が麗子と智恵美なら、思う存分むさぼって、最後はカマキリのように食べられてしまってもかまわない。息苦しさに朦朧《もうろう》としながら、そんなことさえ思ってしまった。

「ああっ、もう許してっ……許してくださいっ……」

切羽つまった声をあげたのは、優奈だった。

「もういいでしょ？　イッていいでしょ？　イカせてくださいっ……もうっ……もう我慢できないいいいっ……」

晴夫がふたりの女にむさぼられるのを眺めながら、坂下はおそらく、優奈を焦らし抜いていたのだろう。彼女の声からは悲壮感が漂っていた。もちろん、絶頂が欲しくて欲しくて絞りだす悲壮な声は、男を奮いたたせるものだった。

「よーし、そろそろ許してやるか……」

尻を打ち鳴らす打擲音のピッチがあがった。坂下がフィニッシュの連打を開始したようだ。

「こっちも出すから、しっかり口で飲むんだぞ」

「ああっ、飲みますっ……飲みますからイカせてっ……ああっ、イクッ……優奈、イッちゃいますっ……イクイクイクイクッ……」

長く尾を引く悲鳴をあげて、優奈は恍惚の彼方にゆき果てていった。智恵美の股間で顔を塞がられている晴夫には、その姿も表情もうかがうことができなかったが、声だけでも身震いを誘うほど色っぽかった。

「ああっ、わたしもっ……」

追いかけるように麗子が声をあげる。

「わたしも、イクッ……イッちゃうっ……」

「わたしもようっ！」

智恵美が叫んだ。

「もうイキそうだから吸ってっ……クリを吸ってっ……痛いくらいに吸いまくってええええっ……」

可愛い顔に似合わない露骨な台詞だった。普段なら引いていただろうが、晴夫も我慢の限界に達していた。麗子が繰りだす淫らなリズムの波に呑まれ、いまにも爆発してしまいそうだった。

獣じみた悲鳴をあげて、まず麗子が絶頂に達した。

クリトリスを思いきり吸いたてると、智恵美もそれに続いた。

自分の体の上で、ふたりの美女が五体の肉という肉を激しく痙攣させていた。なるほどここは桃源郷だった。ここに至ってようやく、晴夫はその実感を得ることができた。できることならその実感をいつまでも噛みしめていたかったが、それは無理な相談だった。

「で、出ますっ！　もう出ますっ！」

晴夫は智恵美の股間に向かって叫び、腰を跳ねあげた。麗子が腰をあげて結合をといてくれる。爆発しそうなほど膨張した男根の根元をしごかれ、続いて先端が生温かい感触で包まれた。口唇で咥えてくれたのだ。晴夫が智恵美のクリトリスを吸った以上の吸引力で、鈴口を思いきり吸いたてられた。

晴夫は雄叫びをあげて身をよじった。

智恵美の下半身にしがみつきながら、激しいまでに全身をくねらせた。ドクンッ、ドクンッ、と熱い粘液が尿道を駆けくだっていくほどに、痺れるような快感が体の芯まで響いてきた。電流さながらに頭の先から爪先までひろがっていき、その衝撃で髪の毛がすべて逆立ってしまいそうだった。

エピローグ

立ちあげからきっちり三カ月後、ウルトラリラックス販売促進プロジェクトは解散になった。

麗子は呆然とした表情で壁に刺さった薔薇の造花を、一つひとつ抜いていった。それを見守っている智恵美も優奈も晴夫も、呆然としていた。魂をどこかに落としてきてしまった表情、と言ってもいい。

無念の解散だった。

売上は結局八十台に留まり、目標を達成することはできなかった。

メンバー四人には、朝いちばんで子会社への移動を命ずる辞令が出た。倉庫管理の子会社だ。この不況のご時世、馘にならなかっただけマシという意見もあろうが、晴夫は不安で目の前が真っ暗になった。〈ライデン〉では子会社に飛ばされた者は、二度と親会社に戻ってこられない。

すべては坂下のせいだった。

大病院の院長というのは真っ赤な嘘だったのだ。温泉での接待旅行から戻っても、いっこうに連絡がこないので当該病院に確認してみると、坂下善一は別人だった。それが発覚したのが三日前。現地まで確認に行った麗子によれば、面会に応じてくれた院長はまだ五十代の若さで、がっちりした体つきをしたスポーツマンタイプの男だったらしい。

つまり、温泉で接待した老人は、坂下の名を騙《かた》った偽物《にせもの》だったわけである。卑劣にも他人を騙ってセクハラ接待を楽しんだ、好色すぎる爺さんだったのだ。

全員が脱力した。

麗子は頭を抱え、智恵美は泣きわめき、普段はポーカーフェイスの優奈までがひどく悔しげに唇を噛みしめていた。当たり前だ。ハーレムプレイに乱交までやらされて、この仕打ちはあんまりだった。

「やはりこういう結果になったわけだが……」

笠井が、勝ち誇った笑みを浮かべて姿を現した。

「八十台も売ったのには、さすがの私も感心したがね。まあ、まぐれは続かないよ。これがキミらの実力だ。甘んじて辞令に従うか、それとも辞表を書くか、夕方までに決めておいてくれたまえ」

高笑いをあげて去っていく笠井を、麗子は睨むこともできなかった。顔をあげられないほど打ちのめされているようだった。打ちのめされてもしかたがない。彼女の脳裏には、この三カ月間のことが、そこで繰りひろげられたセクハラ接待のあれこれが、走馬燈《そうまとう》のように流れているだろうから……。

ボクシングジムで下着で土下座、ノーパン・ミニスカによるゴルフ、クラブハウスの家族風呂での男根洗い、料亭での下着接待と智恵美への枕営業の強要、罪悪感から逃れるための爛《ただ》れたセックス、そして最後には、クライアントにも部下にも、発情しきった牝の本性を披露した。もっとも、クライアントは偽物だったわけだが……。

「なんかもう、自棄酒《やけざけ》を飲む気にもなりませんね……」

晴夫は言ったが、誰も声を返してくれなかった。麗子はうつむいたままデスクの一点を見つめつづけ、智恵美は泣き腫らした顔をして放心状態で、優奈は遠い眼でスマートフォンをいじっている。

「とにかく、お世話になりました。僕は〈ライデン〉を去ることにします。いままでずっと営業畑でやってきて、急に倉庫管理とか言われても、やれる自信がないですから……」

辞表をデスクに置き、私物を鞄につめこんでいると、

「……それでいいのかしら？」

麗子がうつむいたまま言った。

「このままで悔しくないの？　三カ月間せっかく頑張ってきたのに、こんな終わり方で……」

「そんなこと言ったって……」

晴夫は力なく苦笑するしかなかった。

「いまさらどうにもならないじゃないですか」

麗子は顔をあげたが、晴夫ではなく、智恵美と優奈を見た。

「あなたたちもそう。子会社に飛ばされるにしろ、辞表を出すにしろ、このまま負け犬になっちゃってもいいの？　悔しくないの？」

智恵美も優奈も、曖昧に首をかしげるばかりだった。目標を達成できなかったのだから負け犬になるしかないではないか、と晴夫は思った。

「たしかに、わたしたちは目標を達成できませんでした。死ぬ気で頑張ったけど、百台売るのは無理でした。でも、八十台は売ったじゃない？　それは立派な成果でしょ？　わたしたち、決して無能ってわけじゃないでしょ？」

麗子は眼に痛恨の涙を浮かべ、ひとりで熱くなっていった。

それでも三人が言葉を返せずにいると、

「実はね……」

意味ありげに声をひそめた。

「ヘッドハンティングの話がきてるの。この四人全員、プロジェクトチームごと欲しいって、〈イナズマ電機〉の人事部から打診があったのよ」

〈イナズマ電機〉は〈ライデン〉のライバル会社であり、一・五流と二流の間であがいている電機メーカー同士、しのぎを削っている関係だった。

「もちろん、今回の功績を認められてのことよ。ウルトラリラックスを三カ月で八十台も売るなんて、どんな敏腕営業マンでもできやしない奇跡の数字だって、先方さんは評価してくれました。だから大手を振って〈イナズマ電機〉に入社していいの。子会社に飛ばされたり、一から再就職活動する必要なんて、全然ないのよ……」

眼つきが変だった。まるでなにかに取り憑かれたように話していた。

ヘッドハンティングではないな、と晴夫は思った。逆に麗子が、先方の人事部に自分たちを売りこんだのだ。

言葉尻の誤魔化しはともかく、そのバイタリティには驚かざるを得なかった。温泉で接待した老人が本物の坂下善一ではないとわかり、目標達成が暗礁《あんしょう》に乗りあげ、みながみな失意のどん底に落とされていたというのに、麗子はひとり、ライバル会社にわたりをつけ、プロジェクトチームを売りこんで、移籍話をまとめたのである。それもたったの三日で成し遂げたのだから、すさまじい豪腕と言っていい。

……しかし。

しかしながら……。

気になる点がひとつあった。

途轍もなく嫌な予感がした。

晴夫が口を開く前に、同じ疑問を智恵美が訊ねた。

「それってつまり、〈イナズマ電機〉に移籍して、まだセクハラ接待を続けるってことですか？」

そうなのだ。〈イナズマ電機〉の人事部員は麗子に訊ねたに違いない。いったいどんな驚きの方法を使って、奇跡的な数字を叩きだすことができたのか。麗子は本当のことを言ったに違いない。言わなければ、ただのまぐれだと思われるからだ。

麗子のことだから、大風呂敷をひろげた可能性もある。自分たちはどんなセクハラ接待も辞さない肉弾攻撃部隊です、くらいのことは言ったかもしれない。自分はともかく、部下の二十五歳と二十歳はとびきり可愛いうえに淫乱で、かならずやお偉い殿方に気に入っていただけるはずです。あらやだわたしったら、これじゃあまるでお客を引いてるやり手ババアみたいですね……。

「ねえ、課長、答えてください」

智恵美が迫る。

「ヘッドハンティングなんて言っても、エロ担当のセクハラ要員として呼ばれるわけですよね？」

「そ、それは……」

麗子が眼を泳がせると、

「わたし、辞めますっ！　いままでお世話になりましたっ！」

智恵美はバッグから辞表を出し、デスクに置いて一目散に逃げだした。

「わたしも！」

優奈がそれに続く。

「辞表はあとで郵送しますからっ……」

当然だった。

ＯＬは風俗嬢ではないのである。

ふたりきりになったフロアで、麗子は深い溜息をついた。

白けた空気が漂った。

窓は開いていないのに、すきま風が吹いてきた気がした。

「ハハッ、心配ないですよ」

晴夫は満面の笑みを浮かべて言った。

「僕は課長についていきますから。課長が行くなら〈イナズマ電機〉だって、どこだってついていきますよ」

「……」

「無理よ」

麗子は力なく首を振った。

「プロジェクト全員って話なのに、ふたりもいなくなっちゃったら……」

若い女がふたり去り、戦力外の男が残っても話にならない――麗子はそう言いたいようだった。

「大丈夫ですって」

晴夫は麗子の手を取り、熱っぽく言葉を継いだ。

「課長はいつだって、不可能に挑戦して道を拓いてきたじゃないですか。頑張りましょう。いなくなった人員は、補塡すればいいんですよ。〈ライデン〉から引っぱっていってもいいし、〈イナズマ電機〉で調達したっていい」

「できなかったら……」

「できなくたって、課長がいます。課長が覚悟を決めて、エロエロ接待で奮闘するっていうなら、僕はとめません。全力でフォローします」

上司が部下にセクハラ接待を強要することには抵抗があるが、上司が率先して身を投じるのならしかたがない。恥辱に涙ぐみながら、クライアントの横暴に耐えていた麗子は、哀しくも淫らだった。卑屈さすらもエロティズムのスパイスにして、どこまでもいやらしい女になっていた。あの姿をまた見てみたい。そして落ちこんだ彼女を、ベッドでたっぷり慰めてあげたい。

「ねっ、課長っ！　そうでしょっ！」

麗子は息を呑み、視線を泳がせた。なにごとか思案していたようだが、不意に私物をバッグにしまいはじめ、それを持って立ちあがった。

「わたし、やっぱり、辞表出すことにする……」

早足でオフィスを出ていったので、

「待ってください。待ってくださいよ、課長っ！」

晴夫もあわてて私物をまとめ、ダッシュで追いかけた。

一〇〇字書評

切り取り線

購買動機（新聞、雑誌名を記入するか、あるいは○をつけてください）	
□（　　　　　　　　　　　）の広告を見て	
□（　　　　　　　　　　　）の書評を見て	
□ 知人のすすめで	□ タイトルに惹かれて
□ カバーが良かったから	□ 内容が面白そうだから
□ 好きな作家だから	□ 好きな分野の本だから

・最近、最も感銘を受けた作品名をお書き下さい

・あなたのお好きな作家名をお書き下さい

・その他、ご要望がありましたらお書き下さい

住所	〒				
氏名		職業		年齢	
Eメール	※携帯には配信できません	新刊情報等のメール配信を 希望する・しない			

この本の感想を、編集部までお寄せいただけたらありがたく存じます。今後の企画の参考にさせていただきます。Eメールでも結構です。

いただいた「一〇〇字書評」は、新聞・雑誌等に紹介させていただくことがあります。その場合はお礼として特製図書カードを差し上げます。

前ページの原稿用紙に書評をお書きの上、切り取り、左記までお送り下さい。宛先の住所は不要です。

なお、ご記入いただいたお名前、ご住所等は、書評紹介の事前了解、謝礼のお届けのためだけに利用し、そのほかの目的のために利用することはありません。

〒一〇一－八七〇一
祥伝社文庫編集長　坂口芳和
電話　〇三（三二六五）二〇八〇

祥伝社ホームページの「ブックレビュー」からも、書き込めます。
http://www.shodensha.co.jp/bookreview/

祥伝社文庫

俺《おれ》の女課長《おんなかちょう》

平成27年2月20日　初版第1刷発行

著　者　草凪《くさなぎ》優《ゆう》

発行者　竹内和芳

発行所　祥伝社《しょうでんしゃ》
東京都千代田区神田神保町3-3
〒101-8701
電話　03（3265）2081（販売部）
電話　03（3265）2080（編集部）
電話　03（3265）3622（業務部）
http://www.shodensha.co.jp/

印刷所　萩原印刷
製本所　ナショナル製本
カバーフォーマットデザイン　芥 陽子

本書の無断複写は著作権法上での例外を除き禁じられています。また、代行業者など購入者以外の第三者による電子データ化及び電子書籍化は、たとえ個人や家庭内での利用でも著作権法違反です。
造本には十分注意しておりますが、万一、落丁・乱丁などの不良品がありましたら、「業務部」あてにお送り下さい。送料小社負担にてお取り替えいたします。ただし、古書店で購入されたものについてはお取り替え出来ません。

Printed in Japan ©2015, Yū Kusanagi ISBN978-4-396-34093-3 C0193

祥伝社文庫の好評既刊

草凪　優　**みせてあげる**

「ふつうの女の子みたいに抱かれてみたかったの」と踊り子の由衣。翌日から秋幸のストリップ小屋通いが。

草凪　優　**色街そだち**

単身上京した十七歳の正道が出会った性の目覚めの数々。暮れゆく昭和を舞台に俊英が叙情味豊かに描く。

草凪　優　**年上の女《ひと》**

「わたし、普段はこんなことをする女じゃないのよ……」夜の路上で偶然出会った僕の「運命の人《ファム・ファタール》」は人妻だった……。

草凪　優　**摘《つ》めない果実**

「やさしくしてください。わたし、初めてですから……」妻もいる中年男と二〇歳の女子大生の行き着く果て！

草凪　優　**夜ひらく**

一躍カリスマモデルにのし上がる二〇歳の上原実羽《うえはらみわ》。もう普通の女の子には戻れない……。

草凪　優　**どうしようもない恋の唄**

死に場所を求めて迷い込んだ町でソープ嬢のヒナに拾われた矢代光敏《やしろみつとし》。やがて見出す奇跡のような愛とは？

祥伝社文庫の好評既刊

草凪 優　ろくでなしの恋

最も憧れ、愛した女を陥《おとし》れた呪わしい過去……不吉なメールをきっかけに再び対峙した男と女の究極の愛の形とは？

草凪 優　目隠しの夜

彼女との一夜のために、後腐れなく〝経験〟を積むはずが……。平凡な大学生が覗き見た、人妻の罪深き秘密とは？

草凪 優　ルームシェアの夜

優柔不断な俺、憧れの人妻、年下の恋人、入社以来の親友……。もつれた欲望と嫉妬が一つ屋根の下で交錯する！

草凪 優　女が嫌いな女が、男は好き

超ワガママで、可愛くて、体の相性は抜群。だが、トラブル続出の「女の敵」！　そんな彼女に惚れた男の〝一途〟とは!?

草凪 優ほか　秘本 緋の章

溢《あふ》れ出るエロスが、激情を掻《か》きたてる。草凪優・藍川京・安達瑶・橘真児・八神淳一・館淳一・霧原一輝・睦月影郎

草凪 優ほか　禁本 惑わせて

人妻の誘惑、愛人の幻惑、恋人の要求、隣人の眼差し――あなたなら、誰を選ぶ？　男を惑わせる、官能の楽園。

祥伝社文庫　今月の新刊

渡辺裕之　**デスゲーム**　新・傭兵代理店

西村京太郎　**九州新幹線マイナス1**

天野頌《しょう》子《こ》　**警視庁幽霊係と人形の呪《のろ》い**

南　英男　**怨《えん》恨《こん》**　遊軍刑事《デカ》・三《み》上《かみ》謙《けん》

草凪　優　**俺の女課長**

山本一力　**花明かり**　深川駕《か》籠《ご》

藤井邦夫　**にわか芝居**　素浪人稼業

聖　龍人　**姫君道中**　本所若さま悪人退治

リベンジャーズ対イスラム国。戦慄のクライシスアクション。

東京、博多、松江。十津川警部を翻弄する重大犯罪の連鎖。

幽霊の証言から新事実が!? 霊感警部補、事件解明に挑む!

殺人事件の鍵を握る〝恐喝相続人〟とは?　単独捜査行。

美人女上司に、可愛い同僚。これぞ男の夢の職場だ!

作者最愛のシリーズ、第三弾。涙と笑いが迸る痛快青春記!

「私の兄になってください」武家娘の願いに平八郎、立つ。

東海道から四国まで。若さま、天衣無縫の大活躍!